「我ながら上手くできた」
店主も自分で作ったテンシンハンを食べながら満足そうに頷(うなず)いている。
JN053244
6
Isekai Shokudo
Junpei Inuzuka
犬塚惇平
illustration
エナミカツミ
異世界食堂

「わあ……
いいにおい……」
ショーユと米、そして臭みのない魚の香りに、
アレッタは顔をほころばせる。

――いらっしゃい、ませ。
クロは笑顔で出迎える。

セレナはまた、己の住処へと戻ろうとして、気づく。
猫の絵が描かれた艶やかな黒。
「なるほど、今日はドヨウの日であったか」
洋食のねこや

「美味しいんだよ。
プリンって」
ヴィクトリアは、
とてもとても美味しそうに食べている。

「お待たせしました。
チキンナンバンと、
ハンバーガー
セットです」
三人は三人で、大きなパンのような
料理を嬉しそうに食べ始めている。

（わ、なにこれ……鶏肉？）
漂ってくるソースの香りに誘われるように、
リディアーヌはその大きな鶏肉の端を切り取る。
こくり、とつばを飲み込み、口へと運ぶ。

オムニバス形式のエピソード集としてお届けする待望の第6巻。
時に森の中に、時に海岸に、時に廃墟に……その扉は現れる。
猫の絵が描かれた樫の木の扉は、
「こちらの世界」と「あちらの世界」をつないでいる。
扉を開けて中へ入ると、そこは、そこは不思議な料理屋。
「洋食のねこや」。
「こちらの世界」では、どこにでもありそうだけど意外となくて、
生活圏に一軒欲しい小粋な洋食屋として、
創業五十年、オフィス街で働く人々の胃袋を満たし続けてきた。
グルメの井之頭某が孤独にメンチカツを頬張っていそうな、
高級すぎず安っぽくもなくイイあんばいの店内は、
昼時ともなるとサラリーマンで溢れかえる。
「あちらの世界」では、**「異世界の料理が食べられる店」**として、
三十年ほど前から、王族が、魔術師が、エルフが、
究極の味を求めて訪れるようになった。
週に一度だけ現れる扉を開けてやってくるお客が求めるのは、
垂涎の一品と、心の平穏。
美味いだけではないその料理には、人々を虜にしてしまう、
不思議な魔力が宿っている。誰が呼んだか「異世界食堂」。

チリンチリン――。
今日もまた、土曜日に扉の鈴が鳴る。

異世界食堂 6

犬塚惇平

ヒーロー文庫

異世界食堂

Isekai Shokudo

6

Nekoya's Menu

illustration : エナミカツミ

イラスト／エナミカツミ
装丁・本文デザイン／5GAS DESIGN STUDIO
校正／福島典子（東京出版サービスセンター）
DTP／鈴木庸子（主婦の友社）

この物語は、小説投稿サイト「小説家になろう」で
発表された同名作品に、書籍化にあたって
大幅に加筆修正を加えたフィクションです。
実在の人物・団体等とは関係ありません。

※本書はオムニバス形式のエピソード集として、
時系列に沿わず編集したものです。

第九十七話　スパニッシュオムレツ

歩きでは街から優に三日はかかるほど深い山の奥。

大きな袋の中身がぶつからないように気をつけながら、同族と比べて頭一つは大きい巨体を屈（かが）め、狼（おおかみ）の血を引く獣人であるカルロスは、姉が寝泊まりしている山小屋の入り口をくぐった。

「よく来たねぇ。カルロス。待っていたよ」

カルロスが来るのを待っていたらしく、入ると同時に声を掛けてくるのは同族の女と比べても頭一つ分……カルロスと並ぶと娘にしか見えぬほど小柄な女。彼女は耳をピンと立てて尻尾を子供のようにブンブンと振り、一族でも優れた戦士である弟のカルロスを出迎える。

「ああ、久しいな。アデリア姉」

三カ月ぶりに見る相変わらず人懐こい姉の笑顔に、カルロスもまた思わず微笑（ほほえ）みを浮かべながら言葉を返す。

（もったいないな。アデリア姉が神官でなければ、成人してすぐにでも契（ちぎ）りを結んで子も

生したろうに）
己より強く、しかも年長者である姉に対して抱く『愛らしい』という気持ちに、カルロスは一抹の寂しさを覚える。
そう、姉は可憐で愛らしいが、強い。優れた弓の使い手で戦士として鍛えられた自分よりも。幼い頃に才能を見出され、都で学んだこともある神官であるがために。

全部で六柱ある偉大なる神の力を借り、行使することができる神官は、民を守る切り札として常に敬意を払われる。

神官たちの祈りにより現れる竜の鱗は、屈強な戦士たちが操る刃や弓矢を跳ね返し、竜の爪と牙は鋼はおろか竜の鱗すら切り裂き、食いちぎる。

その竜の吐息は戦士の一団を一撃で打ち倒し、その翼は鳥よりなお速く戦場を自在に駆け、その血は己の負った傷どころか血を浴びた他の者の傷まで瞬く間に癒やす。

そしてそれら全てを使いこなし、その身そのものを竜へと変じるに至った大神官は、まさに竜と同じ、否、知恵がある分それ以上に恐れられる存在となる。

実りが多い土地を巡って戦いとなった戦場に呼ばれた大神官が、ただの一騎で百の軍勢をなぎ倒し、千の軍勢を足止めする。そして、その大神官を別の神に仕える大神官が一騎で止めている間に戦場の決着をつける。そんな光景は、戦場では度々見られる。

そして、そんな大神官に至るために修行を重ねているのがアデリアであり、カルロスたちは一族を挙げてその修行を手伝っている。

「ごめんねぇ。色々持ってきてもらっちゃって」

「なに、気にするな。アデリア姉は強くなることだけを考えていればいい」

すまなそうに言う姉に、これが当然だとばかりにカルロスは答える。姉はまだ、大神官にいたるほどの力は身につけていない。

だが、順調に鍛錬を続ければ、二十年もあれば大神官になれるだけの力を持つのではと緑の神の大神官たちから言われるほどの才能の持ち主である。

偉大なる六柱の神のうち、大地を司る緑の神の信徒は、カルロスたちのように森に住む獣人が多い。身内に大神官がいる一族は、力を重んじる傾向が強い獣人たちの社会では一目も二目も置かれる存在なのだ。

「強く、かぁ……うん。そだね」

だが、そんなカルロスの言葉に、アデリアは少しだけ歯切れ悪く答える。正直、アデリアは戦いは好きではなかった。神官として戦いの才能はあるし、いざとなれば戸惑うことはないが、どうしても殺し合いでは腰が引ける。

「土産も色々持ってきた。塩の大壺と香辛料に保存食。アデリア姉が好きな干し林檎も」

「やたっ！　ありがとう！」

だが、そんな複雑な内心は弟の言葉に吹き飛ぶ。そして、弟の言葉と共に食卓代わりにしている平たい石の上に並べられていく物に見入る。

修行を続けるアデリアにとって、弟が時々持ってきてくれる、街中でしか手に入らない貴重な品々は何より嬉しいのだ。

……特にここ一カ月ほどは『あれ』がなくなってしまい、大変だった。

「それから母さんが縫った代えの肌着が五枚に、さっき仕留めた一角猪の肉と毛皮。焔石が二つ。釣り針が三つと……」

無邪気に喜ぶ姉にカルロスも微笑みながら持ってきた品を取り出していき……最後に残った品にちょっと眉をひそめる。

何かの間違いではないかとも思ったが、間違いなくアデリアに頼まれたもの。以前、三カ月ぶりに家に戻ったときに頼まれたものだし、また修行に戻るときに、わざわざ持ち出していったのも知っている。

だからカルロスはちょっと迷った後、それを取り出した。

「……銀貨が五十枚。これでいい？」

「……わああありがとう。ちゃんと持ってきてくれたんだ」

じゃらりと音を立てて石の卓の上に皮袋が置かれる。中身は、銀色に輝く銀貨。それを見て、アデリアはひときわ嬉しそうだ。

「……何に使うんだ？　アデリア姉。こんな山の中で」

そんな姉の様子にふと疑問を覚えたカルロスは、アデリアに問いかける。銀貨五十枚。決して少ない額ではないがこんな山の中ではなんの役にも立たない代物（しろもの）である。

無論、山を下りれば使いどころもあるだろうが、ここから街まで三日はかかるし、そもそも街には家族であるカルロスたちがいる。何に使うのかが、分からなかった。

「ああ、うん。『異世界食堂』で卵焼きを食べるのに使うの」

だが、そんなカルロスの問いかけにアデリアはなんでもないように答える。

「卵焼き？　……それに『異世界食堂』ってなんだ？」

カルロスにはよく分からない答えを。

「え？　……ああ⁉　そういえばカルロスは知らないんだっけ？」

カルロスの問いかけに、今まで話したことがなかったことにアデリアは気づく。

「それならちょうどいいかな。ちょうど今日が『ドヨウの日』だし……カルロスも一緒に行こう？」

姉は、最近は主に金銭的な理由で行けなかったお楽しみの場所へといざなった。

普段は、アデリアが修行場として使っている岩場。アデリアによっていくつもの爪痕が刻み込まれた岩が散乱するその場所に、それはあった。

「アデリア姉。なんだこれは？」

カルロスが見ていたのは、扉。黒い扉が、岩場でも一番大きな岩の上に鎮座していた。

「なにって、異世界食堂の入り口だよ」

困惑する弟を尻目に、アデリアはさっさと扉を開く。

チリンチリンと、扉の鈴が音を響かせる。

「ほら、はやく。ここ、一回閉じたら消えちゃうんだよ。だから、先に入って」

一度開けたところで財布を忘れたのに気づいて、取って返したときの残念な気持ちを思い出して尻尾をしゅんと下げつつ、アデリアが言う。

「あ、ああ」

姉に促され、カルロスが扉を通ったのを見届けた後、アデリアも異世界食堂へと飛び込んでいく。

「……随分と明るいな」

天井で白く光る、何かの魔法がかかっているのであろう照明を見ながら、カルロスが呟(つぶや)

く。そこは、カルロスが知るさまざまな常識とはかけ離れた場所であった。

「まあまあ。とりあえずご飯にしようよ。ここの料理はどれも美味しいんだから」

物珍しげに食堂の中を見ているカルロスの手を引き、適当な卓(テーブル)に座る。

「おーい、アレッタちゃん！　あれ、スパなんたらの卵焼きちょうだい！　ぱーてーサイズで！」

座るが早いか、アデリアは他の客の料理を運んでいるこの店の給仕であるアレッタに、大声で料理を注文する。

「はーい！　スパニッシュオムレツですね！　少々お待ちください！」

そんなアデリアの行動にも慣れているのか、アレッタもはっきりと返事を返して厨房(ちゅうぼう)へと注文を伝えに行く。

「……アデリア姉。あれって邪教徒じゃないのか？　いいのか？」

そんな二人のやり取りを見ていたカルロスは、驚きと共にアデリアに尋ねる。

黒の神に仕えることが多い種族のバフォメットのような山羊(やぎ)の頭と下半身を持つわけではなく、山羊の角が生えてる以外は人間と同じである種族。カルロスが知る限りでは、それは『邪教徒』に他ならない。

かつて偉大なる六柱の神々がただ一度だけ全ての力を結集し、この世から消滅させたという怪物、『万色の混沌(こんとん)』。それを崇(あが)めることで六柱の神々に仕える数々の種族のどれとも違う『人ならざる混沌(こんとん)』を得た存在は、邪教徒と呼ばれる。

邪教徒たちはいずれこの世に万色の混沌を呼び戻すことを目的とし、時に竜に変じた大神官すら凌駕(りょうが)する力を持つことから、六柱の神の信徒全ての敵だ。

ここ何十年かは、何があったのか表舞台には姿を見せず随分とおとなしくしているが、それでもこんな目立つところにいたら、神官としては見過ごすわけにいかないのではないか。

「あはは。いいのいいの。アレッタちゃんは悪い子じゃないし」

そんなカルロスの心配をアデリアは笑い飛ばす。もちろんアデリアとて、この店を利用するようになってしばらくしてから店主が邪教徒を雇い入れたときには、随分と驚いた。

だが、見ている限りではアレッタは真面目に仕事に励んでいるだけで何も悪いことはしていない。なので、こちらからも何もしない。

そもそもここで変に騒ぎを起こして自分が『出入り禁止』になる方がよっぽど困る。

どうやらそれは、この店に出入りしている他の神官たちも同意見のようで、アレッタが邪教徒だからとどうこう言われているのを見たことはない。

「そっか……まあ、アデリア姉がそう言うなら」

アデリアの答えに、カルロスはほっと力を抜く。ちょっと抜けたところがあるが、本質を見誤ることのない姉が言うのだ。間違いはあるまい、とカルロスは思う。

「お待たせしました。スパニッシュオムレツです！」

そうしているとアレッタが料理を運んでくる。何も載っていない小さな皿が二つと、ナイフが一つにフォークが三つに何やら真っ赤な筒。

両手でないと運べないほど大きな陶器の皿に盛られているのは……

「パン？　……いや、まさか卵焼き!?」

薄い黄色の大きな卵焼き。宴で供されるような特大の大きさの贅沢な品に、カルロスは目を見張る。

「そうだよ。凄いよね。これで銀貨一枚だってさ」

出てきたものから漂う香りに尻尾を振りつつ、アデリアが薄い胸を張る。この、どう見ても卵を五、六個は使っているであろう卵焼きが、銀貨一枚で出されている。

普通、卵一個で銅貨数枚はすることと、銀貨一枚が銅貨十枚と同じ価値があるとされていることを考えると、破格の値段である。

「そりゃ凄いな……」

ふわりと漂ってくる卵焼きの甘い香りを吸い込み、カルロスはごくりと唾を飲む。

「じゃ、食べよっか」

そんな弟の様子に苦笑しながら、アデリアは取り分け用のフォークを手にする。ナイフで大きな卵焼きの一部を切り分け、小さな皿に盛る。

そしてそれをフォークと共にカルロスに差し出す。

「さあ召し上がれ」

カルロスの方も待っていられる心境ではなかったのだろう。卵焼きを受け取るなり大きく切って、口に放り込む。

「……！　ふめぇ！」

その味にカルロスは驚く。その卵焼きにはさまざまな具が入っていた。

卵そのものもバターを使って焼き上げられており、ちょっぴりの塩気と胡椒(こしょう)の辛さが効き、ほんのりチーズの味もしてなかなかよい味に仕上がっているのだが、その具がいい。

しっかりと火が通った芋はホクホクとしていて、口の中で崩れていく。カルロスたちが普段食べているものより随分と甘みの強い玉蜀黍(とうもろこし)の粒が口の中で弾(はじ)ける。

細かく刻まれた葱(ねぎ)らしい野菜はシャキシャキとしていて、薄く味付けがされた燻製肉(くんせいにく)は卵の柔らかな味に包まれ、じゅわりと肉の味を卵に与えている。

小さな皿に取り分けられたカルロスの分は瞬(また)く間に胃の中に消えた。

（ダメだ！　全然足りん！）

口元についた卵を舌で舐(な)め取りながら、カルロスはさらに卵焼きを食べるべく、手を伸ばす。見れば大皿に盛られた卵焼きはどんどんと削られている……アデリアもまた、しっかりと食べているのだ。

それを確認し、思わずアデリアの方を見て、気づく。

「アデリア姉。それは？」

アデリアは卵焼きと共に持ってこられた、赤い筒を手にしていた。一体何でできているのか、その筒は姉が握り締めると簡単に変形し、先端の尖(とが)った部分から赤い何かを吐き出している。

アデリアはどうやらその赤いものを卵焼きに掛けてから味わっているようだ。

「ん？　これはね、ケチャップっていう味付けのためのソースだよ。煮込んだマルメットに酢とか色々入れて作ってる感じ」

アデリアはそんなことを言いながら、ケチャップで味付けした卵焼きを口にする。肉と野菜を混ぜて作られた卵焼きに、ケチャップの酸味が加わる。

そうすると味が引き締まって、より美味い。

肉と野菜がたっぷり入った卵焼きはそのままでもちゃんと塩と胡椒(こしょう)で味付けされていて美味いが、このケチャップを使うと化ける。

「おっ！　確かにこのケチャップっての掛けると、さらに美味いな！」

アデリアがケチャップをつけた卵焼きを食べたのを見て、カルロスも真似をしてケチャップを掛けて食べてみて、笑う。ケチャップがあるとないとでは大違いだ。

先ほどあれだけ美味しいと思った卵焼きが、これを食べた後ではケチャップなしだと物足りなく感じるほどだ。その味にも刺激され、カルロスはがつがつと卵焼きを食べる。

「でしょ？　このお店の卵を使う料理には大体合うんだよ、これ」

そんな弟の子供みたいな姿にアデリアも嬉しくなって、言う。この店では卵を使った料理が随分と安く、またさまざまな調理法で提供されている。

修行場で見つけてからというもの、何度も通いつめて色々なものを食べたが、卵を使った料理には大体ケチャップがよく合った。

「どうする？　お代わり、頼む？」

「うん！」

そうこうしているうちにあれほどの大皿に盛られていた卵焼きは、なくなろうとしていた。それを見たアデリアの問いに、カルロスは一も二もなく頷く。

「そっかあ。じゃあ、後はお酒とかも頼もうかな。お～い、アレッタちゃ～ん！」

家族との久しぶりの再会と、美味しい料理。

そして懐にはたっぷりの銀貨。

そのことに浮かれ、アデリアはいつもよりもずっと豪華にいくことに決めていた。

第九十八話　ナポリタン

チリンチリンと鳴る音を聞きながら、扉を開けて入ると同時に、ジョナサンの目がそれを捉えた。

「じゃあ坊ちゃん。後は……」

「ああ、任せる」

一応は上司であるシリウスに簡単に許可を取り、ジョナサンはアレッタに案内されるより先に奥のテーブルに向かい、座る。

「あ、いらっしゃいませ。すぐにお水をお持ちしますね」

「ああ。それと、早速ですまないが注文を頼む……そうだなピザをシーフードミックスで頼む」

席に着くが早いか近寄ってきた給仕に注文を出し、じっと奥を見つめる様子に、シリウスは苦笑する。

（やれやれ。相変わらず熱心だな）

ジョナサン曰く、あの場所は『料理人にとっての特等席』らしい。

なんでもあの卓(テーブル)のあの位置からは少しだけ厨房(ちゅうぼう)の中が見え、異世界の料理を作る様子を窺(うかが)うことができるという。ジョナサンはシリウスの供として何回か通ううちにそれに気づき、ああして特等席が空いているときはシリウスを置いてでもあの席に座る。

……知り合いらしき剣士を連れた商人の娘や、ときおりふらりと異世界食堂を訪れるエルフがいるときは大抵あの席は埋まっているので、どうやら気づいているのはジョナサンだけというわけでもないのだろう。

「さてと……」

注文すると同時に、じっと奥を観察し始めたジョナサンの仕事熱心さに感心しながら、満足げにシリウスは適当な席に腰を下ろす。

「ああ。すまないけど、注文を頼むよ」

ジョナサンの注文を厨房に伝え、再び仕事に戻った給仕を呼び止めて注文をする。

「はい。何にいたしますか」

「ああ、ナポリタンをウィンナーで。それと食後にカフェオレを頼む」

とりあえず今日のところの『研究』はジョナサンに任せることにしたシリウスが頼む料理は、ナポリタン。

異世界にはベーコンと呼ばれている燻製肉(くんせいにく)と、ウィンナーと呼ばれている腸詰めの肉があるが、そのうちの腸詰めを使ったものを頼んだ。

この店で色々と食べた結果分かった、シリウスにとって一番好みの料理である。

「はい。少々お待ちくださいね」

魔族には珍しく身綺麗にしている給仕の言葉に無言で頷き、シリウスはちらりと目を走らせる。

(……よくよく見ると、確かに出自がよく分からない客がいるな)

シリウスは、東大陸でも最も栄えている都である王都で生まれ、育った。また、同時に王族とすら取引がある大商人の家系の生まれであり、その人がどんな出自で、どんな人間かを見るのには慣れている。

だからこそ最近王都で流れている眉唾ものの噂に、ある種の信憑性を感じていた。

人間が今住んでいる大陸の南……竜神海の向こうには未知の大陸があり、そこには竜を神と崇める文化を持って、人間と同じように文明を築いている民が住んでいる、と。

何でも、とある冒険者がその人間以外の種族である存在を『発見』し、その見聞をまとめた書を別の冒険者に託したという。

シリウスが王都で聞きおよんだ、怪しげな噂の一つ。本来であれば、冗談やほら話の類であり、信憑性は全くない。

そもそも人間が文明らしき文明を築いてからというもの、ただの一度も凶悪な海の魔物が跳梁跋扈する『竜神海の向こう』にたどり着いた者はいないのだから。シリウスとて、少し前までなら、絶対に信じなかったであろう。

そう、この店に通うようになるまでは。

ここは『異世界食堂』……シリウスの住む世界の、あらゆるところから客が集う場所。

この店の客を観察すれば、見えてくることもあった。シリウスには見慣れた東大陸風の格好をしたさまざまな人々や、見慣れてはいないがそれなりに交流はある西の大陸風の格好をした人々。

そもそも交流がないため詳しいことは分からないが、それでも一応の知識はある獣人やリザードマン、オーガや妖精といったモンスターまがいの異種族。

それらに混じり、確かに人間やドワーフでありながら、シリウスが見慣れぬ様式の服を着た客がいる。それらの客は西の大陸にあるという砂の国の民のように褐色の肌を持ちながら、砂の国の民が纏う手や足を出さないゆったりしたものとは異なる、手足を大胆に露出させる服装をしている。

また、それらの服の様式でいうと、普通なら人間を襲う化け物として恐れられるラミアや獣人の中にも、手入れの行き届いたきちんとした服を纏(まと)った客もいる。

その事実が、シリウスに噂(うわさ)に対する一種の信憑性(しんぴょうせい)を感じさせていた。

(考えてみれば、その冒険者がどうやって帰還したかという問題も、この店でなら何とか説明がつくのかもしれないな……)

そしてそう考えれば、なぜ人間の歴史でも初めてのそんな大発見をしたはずの冒険者が自らの喧伝をせず、怪しげな噂レベルで収まっているのかも説明はつく。シリウスとてもこの店に出入りしている客を全て把握しているわけではない。


もしもここの『客』にその『竜神海の向こうに行った冒険者』がいたとしたら……


「お待たせしました。ナポリタンです」

そんなことを考えているうちに、シリウスの前に料理が届く。

「ああ、ありがとう」

料理が届くと同時に、シリウスは気持ちを切り替える。

アルフェイド商会は食べ物を扱う商会である。故に食べ物には真摯(しんし)に向き合わねばならない。

それが祖父であり、アルフェイド商会中興の祖であるトマスの教えである。

だからこそシリウスは余計なことを頭から追い出し、目の前の料理、すなわちナポリタンに向き合うのだ。

白い皿に盛られたそれは、鮮やかな色をしていた。マルメットを使ったソースであるケチャップにより、赤みを帯びた橙色(だいだいいろ)に染め上げられた麺に、時折混じる鮮やかな緑の野菜。

薄く切られた異世界のキノコに、ほのかに歯ごたえを残したオラニエ。全体的に鮮やかな色を帯びたナポリタンは、菓子の類(たぐい)を除けば異世界食堂では最も華やかな料理の一つであると、シリウスは思う。

（では、いただくとするか）

バターとケチャップが織り成す胃袋を直撃する香りを楽しみながら、シリウスは傍らに置かれたフォークを手に取る。

まずは一口。

そう思いながら、麺を掬(すく)い上げ、口に運ぶ。

（……うん。やはり『炒める』と味わいが変わるな）

口の中に広がるのは、ただ茹で上げただけの麺にはない、香ばしさ。

しっかりと絡んだケチャップの柔らかな酸味と、バターの味と風味が一体化した麺は、それだけでご馳走である。

普段食べている麺料理にはないその風味の秘密は、調理法にあった。

かつてジョナサンが観察し、気づいたところによると、ナポリタンという料理は、具材やケチャップと共に一度茹でた麺を底が浅くて広い鍋に入れ、全体に満遍なくバターを絡ませて火を通しているという。

それは西の大陸にある海国でよく行われる、煮るや焼くという普通の方法とは違う、『炒める』という調理の技。それにより、ナポリタンはただ茹でてソースをあえただけのものにはない香ばしさをまとうのである。

（うん。やはり具材は美味いが、多すぎるとバランスを崩すな）

その麺に混ぜ込まれた具材を食べながら、シリウスは納得する。

麺と同じく、ケチャップで味付けされ、バターで炒められた数々の具材は、美味い。歯ごたえとほのかな苦みを残した、細切りにされた緑色の野菜や、甘みがあるオラニエに、ソースと自身の汁の旨みを持つキノコ。

そしてベーコンと比べると脂の味と濃さでは一歩譲るが、その分肉汁を多く含み、口の中で弾けるウィンナー。それらは確かに美味だが、量が少ない。

たっぷりの麺にほのかに添える程度の具材というバランスである。


だが、それこそが正解なのだ。


ナポリタンは、麺の風味を楽しむ料理であるとシリウスは考える。これでナポリタンの味付けをされた具材が多すぎては、麺の味を楽しむのには不適である。

（やっぱり具材は麺を引き立てるためにあってこそだ）

さらによくよく味わってみれば、それらの具材にはもう一つ、麺に対する味付けという役割がある。具材は麺と共に口に運ばれるときに、自身の旨みを麺に分け与える。

それがわずかな味わいの違いとなり、麺に別の風味を与えている。


麺と具材が一体となった料理。


それが、シリウスのナポリタンに対する評価である。

（さて、そろそろ味付けを変えるか……）

半分ほど味わったところで、シリウスは麺と共に運ばれてきて卓上に置かれたそれに手を伸ばす。

給仕が運んできたのは、小さな筒。それの口を開いて逆さにして振ると、ほのかに黄色みを帯びた白い粉が落ちてきて、ナポリタンの上に降りかかる。

入れすぎると調和を崩してしまうので、掛けすぎないように、慎重に。

さらさらと橙色の麺に淡い黄色の雪を降らせ、うっすらと覆われたところで手を止めて、再びフォークを手に取る。

フォークで淡く黄色に色づいた麺を掬い上げ、一口。その淡い粉……細かく挽いたチーズがナポリタンの味を変える。

柔らかなチーズの風味がナポリタンの酸味を和らげ、同時にチーズ独特の風味を与える。

（よし、これで最後だ）

そしてもう一つ、卓に置かれた赤いものが入った硝子瓶も振る。

そこから零れ落ちるのは、赤い雫。

シリウスは先ほどにもまして慎重に赤い雫……タバスコソースをナポリタンに振り落とし、味付けを変えて、一口。シリウスを襲うのは、激烈な辛さ。

先ほどまでのナポリタンにはなかった味だが、それがアクセントとなってシリウスの胃袋を刺激し、その手に持つフォークを突き進めさせる。ジョナサンによれば、トガランの酢漬けから作ったと思われるタバスコソースは、非常に味が強い。

とてつもない辛みを帯びており、少量ならば素晴らしいアクセントを生むが、掛ける量を間違えるとおよそ人の食べるものではなくなってしまう。

(よし、味付けは完璧だ!)

だが、今回はうまくいった。辛さが加わって完璧に自分好みとなったナポリタンを、勢いよく行儀悪く食べながら、シリウスは大いに満足する。

王都でも屈指の大商会であるアルフェイド商会の御曹司であり、貴族との付き合いもある貴公子。ゆくゆくはアルフェイド商会を背負う者として、情報を集め、商会のさらなる拡大を目指す野心家。

だが、今このときだけは、ただ一皿のナポリタンを大いに味わう、食べ盛りの若者であった。

気がつけば、皿には橙色の残滓を残すのみとなっていた。

「ふぅ……」

シリウスは膨れた腹をさすり、給仕が持ってきたカフェオレに砂糖を入れてすする。

ミルクと砂糖の甘さに、ほのかに酸味を帯びたカッファの苦さが交じり合った茶が、ナポリタンの余韻を洗い流していく。

「……よし」

一皿のナポリタンを味わい終えて、シリウスはまたいつもの野心家の顔を取り戻す。

七日に一度だけの息抜きの時間は終わった。

シリウスはきっちり料金分の銀貨と銅貨を置くと立ち上がり、確かな足取りで王都へと帰っていくのであった。

第九十九話　コーヒーゼリー

　砂漠にあまねく死の光を降らせる無慈悲な太陽が大地の向こうへと去り、辺りが夜の薄闇に染まった頃、砂の国にいくつかあるオアシスに寄り添うようにして作られた街で長年暮らす魔術師、アーレフはのっそりと起き出し、大きく伸びをする。

「……光よ」

　左手をかざし、手のひらの上に淡い橙色（だいだいいろ）を放つ光の塊（かたまり）を呼び出す。

「うむ、よく寝たな」

　丁寧に切りそろえたとは言い難い、乱雑に伸びた髭（ひげ）を撫（な）でながら一人呟（つぶや）き、立ち上がってサンダルをつっかけて外に出る。

　薄闇に染まる街のあちこちに灯（とも）された魔法の明かりと、その明かりの下を歩く商人たちや砂漠蜥蜴（とかげ）が行き交ういつもの街並み。

　最近この地を訪れた、東の大陸の帝国（なんでも、ここ五十年ほどで突如発生した、東大陸一の国である王国に匹敵する国らしい）の商人や役人はこの明かりの灯った『夜景』を見て随分驚いていたが、たとえ文字が読めなくても、ごく簡単な魔法の一つや二つは詠唱を丸暗記していて使える庶民も珍しくない砂の国では、普通に見られる光景である。

「さてと、腹が減ったな……」

屋台から漂う、オアシスで捕れた魚を焼く匂いに惹かれつつ、空っぽになった腹を撫でる。思えば今朝、買い置きの薄パンを齧ってから何も食べていない。

「……おお、そういえば今日はドヨウの日であったな」

腹が減ったことでそのことに気づき、アーレフはそそくさとその場所に向かう。人ごみをすり抜け、街中にある空家の一つに入る。

もう何年も住み着く者がいない、寂れた空家。天井が崩れて差し込んだ月の光に照らされて、黒い扉がひっそりと立っていた。

(うむ、相変わらずの強力な魔力だ)

数年前、賢者とも呼ばれるだけの知識を持つ魔術師であるアーレフは、空家の一つから奇妙な魔力が漏れ出ているのに気づいて、この扉を見つけた。

はるか古代、砂の国に広がるこの大砂漠を生み出したと言われている、エルフの魔法を宿した扉。最初に魔力の流れからここを見つけたとき、好奇心に駆られて扉を開いた。

そして今は、チリンチリンと鳴り響く鈴の音を聞きながら、空腹に急かされるように扉を通る。

扉の向こうに広がるのは、魔法の明かりで照らされた街より、さらに明るい異世界の飯屋。

その飯屋では何人か……アーレフの知識によれば、東大陸のとある国の民や別の国の民たち、そして魔物の類（たぐい）と、多彩な客たちが料理に舌つづみをうっている。

それを見ながら、アーレフは適当な卓（テーブル）の椅子にどっかと腰を下ろす。

「いらっしゃいませ。お水とおしぼり、お持ちしました」

それを見計らったかのようにすぐ、東大陸風の顔立ちの魔族であるこの店の給仕が、砂漠では貴重な澄んだ水と、湯を含ませて絞った布を持ってくる。

「ああ、ありがとう。早速だが、注文をしたい。今日の日替わりをパンで。それと食前にエスプレッソをすぐに、食後にはコーヒーゼリーを頼む」

それを受け取りつつ、いつもどおりの注文をする。

パンとスープとその日の料理が一品付く日替わり定食に、異世界風カッファ（どうも異世界ではコーヒーなどと呼ばれているようだが）、そしてカッファを固めた菓子。

この三品がアーレフのいつもの注文である。

「はい。少々お待ちくださいね。とりあえず、エスプレッソをすぐにお持ちしますので」

「ああ、頼む」

給仕の確認に、アーレフは満足げに頷く。来た当初はまだあまり慣れていなかったのか挙動の一つ一つがぎこちなかったが、しっかりと勤めているおかげか、今は大分こなれた接客の態度を見せる。

こういう、少しばかりの変化もまた、老境に差しかかり毎日が変わらぬようになった身にはうれしい。

それからほどなくして、カッファが運ばれてくる。

「お待たせしました。エスプレッソです」

白い小さな陶器の皿に載せられた、持ち手がついた白い杯。その杯には漆黒のカッファが満ち、芳しい香りを放っている。

(うむ、良き香りだ。上質な豆を使っているな)

その香りをひとしきり鼻で楽しんでから、砂糖壺を取り、砂糖を匙で三杯入れる。銀色の匙に山盛りになった白い砂糖がサラサラと漆黒のカッファの中に落ち、ついでそれをカッファの皿に添えられた匙でかき混ぜる。

乳は入れず、そのまま杯を持ち上げて、少しずつ飲む。

強いカッファの香りと、酸味と苦み、砂糖の甘さが入り混じったカッファが舌を通って胃袋へと落ちていく。

(やはりこれほど『濃い』カッファはこの店でしか飲めんな)

その味にアーレフは少しだけ頬を緩ませる。

アーレフは砂の国の民の男に漏れず、カッファが好きである。この、強烈な香りと味、何より飲むと頭が冴え渡る感覚があるのがよい。

頭の働きを鈍らせる酒は嫌いなので、渇きを潤すためだけでなく、こうして楽しむために飲むものはいつもカッファだ。


異世界の、エスプレッソ・カッファは味が濃い。

(豆が良いだけではない。何か、特別な入れ方をしているのだろうな)

異世界ではカッファにもさまざまな飲み方がある。

普通の、布袋に焙ったカッファの粉を入れて湯で煮出す方法や、乳(生きている家畜の乳房の中にある限り腐ることも乾くこともない乳の類は、砂の国の民にとっては慣れ親しんだ飲み物の一つである)を入れて飲むほかにも、汲んだばかりの井戸水よりなお冷たくして飲む方法や、このエスプレッソのように普通では考えられぬほど濃く入れる方法。

さらにそのカッファに入れる乳を泡立たせてみたり、水気を減らして半ば固めたクリームと呼ばれる乳菓子を浮かせてみたり、冷たいカッファにさらに冷たく冷やしたアイスクリームなる乳菓子を泳がせてみたりと、異世界のカッファはさまざまな工夫が凝らされている。この、異世界の多種多様なカッファのために、アーレフはこの店を訪れていると言ってもいい。

そして、十分に堪能しつつ一杯のエスプレッソ・カッファを飲み終えた頃。

「お待たせしました。料理をお持ちしました。今日の日替わりは、コロッケとエビフライの盛り合わせです」

「ああ。ありがとう」

見計らったかのように料理が届き、アーレフはフォークを手に料理に取り掛かるのであった。


そして、料理を食べ終え、柔らかな白パンとスープで十分に腹が満たされた頃。

「君。すまないが、デザートを持ってきてくれ」

近くを通りかかった給仕の娘に食後の菓子を要求する。

「は～い。少々お待ちくださいね」

そう言うと娘は寸の間、厨房(ちゅうぼう)へと戻り、アーレフにそれを供する。

「お待たせしました。コーヒーゼリーです」

「うむ。ありがとう」

礼もそこそこに、アーレフは目の前に置かれたそれを見る。

広口の硝子杯(グラス)に満たされた、四角い漆黒の菓子。言い方は悪いが細かく刻んだスライムのように見えるそれこそが、アーレフのお気に入りの菓子である。

（うむ、腹は十分満たされている。いまこそが食いどきだな）

腹を一つ撫で、腹が満ちているのを確認してから、匙を手に取る。


真に美味いものを食うときは、腹が満ちていなければならない。


それがアーレフのこだわりである。空腹は大抵のものを美味くしてしまう。たとえ硬くなったパンでも、冷めてしまったカッファでも、腹が減っている時に食えば美味い。

だからこそ、腹が満ちているときに食わねばならない。腹が満ち、腹を満たす必要がないときに食ってなお美味いものこそ、真に美味いものなのだ。

（まずは、ひと匙）

傍らに置かれたクリームの入った小さな壺をちらりと確認した後、あえて最初はそれをかけずに一口食う。小さな四角に切り分けられた黒いそれをすくい上げ、口に運ぶ。

（うむ。美味い）

つるりとした独特の食感と、普段飲むカッファより抑え気味の、ほのかに甘みが付けられたカッファの味。冷たいが、アイスクリームほどは冷え切っていない冷え具合。

歯を立てればまるで抵抗なく砕けるそれをしばらく口の中で堪能し、飲み込む。舌先を楽しませたゼリーが、つるりと喉を通って胃袋に落ちていく。

（うむ。これはどうやって作っているのだろうな）

毎回のことながら不思議に思う。このゼリーなる菓子の作り方をアーレフは知らない。カッファのほかにも、さまざまな果物の汁や乳と卵を混ぜ合わせたものを固めたりしている以上、何らかの方法があるのだろう。オアシスで捕れた魚を大量に入れたスープを夕刻に作ると、朝、太陽が昇るまでに固まることがあるというからそれの応用なのかもしれない。

そんなことを考えながら、もう一口。

（うむ。だがまあ、これをこうして味わえるのであるから、それでよいか）

満たされた腹とつるりとした食感を楽しみながら、そう考える。どのみち作り上げるには相当な時間をかけて研究せねばならぬだろうし、よしんば作れたとしてもこの店で出てくるほどの味は期待できない。魔法は魔術師に、料理は料理人に任せておけばよい。

そう思いつつ、次の食べ方に移る。

（まずは、そぉっと、だな）

傍らに置かれた、水分を減らして脂を増やした乳である『ナマクリーム』を取る。ナマクリームはつぅっ、と細い糸を垂らして杯の中に落ち、ゼリーの漆黒に白い筋を刻み込んでいく。

(よし、これで完成だ)

そして、全てのナマクリームを掛け終えた後の、透き通った黒いゼリーと、白くて濃厚なナマクリーム、その二つが混ざり合った茶色。三色の入り混じるこの状態こそが、コーヒーゼリーの完成形である。

そして白いクリームがかかった黒いゼリーをひと匙取り、食う。

(うむ。やはりナマクリーム入りだな)

その味に深く満足する。カッファを固めたゼリーに、白く濃厚なナマクリームが加わることで、コーヒーゼリーは完成する。

さっぱりとしたカッファの味に、乳の風味が加わり、されど最初は完全には混じり合わず、それぞれの味を感じさせる。

最初に白い乳の味を強く感じ、ついでその下にあるカッファの旨みを感じ、最後にそれらが混じりあった、異世界で言うところのカフェオレふうの味を感じさせる。

わずか一口の間に三つもの味を楽しませるのが、このコーヒーゼリーの素晴らしいところだ。

(うむ、やはりコーヒーゼリーには乳だけでよいな。あのコーヒーゼリーパフェとかいうのは、余計なものが多すぎる)

複雑だが、複雑すぎず、丹念に乳とカッファの味を楽しませる。その味わいこそが、アーレフにとっての至高の美味である。

アーレフはひと匙、ひと匙、確認するようにコーヒーゼリーを味わう。

やがていくらもないコーヒーゼリーがなくなり、最後に底に残った、カッファとナマクリームが混ざり合った茶色い汁を飲み干して、満足のため息をつく。

（うむ、堪能したな）

舌はまだコーヒーゼリーの余韻にひたっており、腹は幸福に満ちている。そんな幸福が消えないうちに、今日は帰って眠りにつこう。

「店主！　会計はここに置いていくぞ！」

そんな声をかけながら、アーレフは立ち上がり、きっかり今日の料金分の銅貨を置く。

「はい。またいらしてくださいね」

店主も心得たもので厨房から軽く顔を出し、アーレフに笑顔を向ける。

「うむ。では七日後にまた会おう」

そんな店主に応えるように、アーレフもまた笑顔となるのであった。

第百話　炊き込みご飯

金曜日の夜。

店主は銀色に輝くそれを前に、一人思案する。

「今年もこの季節が来たか……」

夏が終わると秋が来る。『ねこや』において、安くて美味い旬(しゅん)の食材が多く出回る秋は食欲の秋であり、料理の秋である。

この時期、いつもと同じレギュラーメニューこそ変わらないものの、日替わり定食で出すメニューは旬の食材を使い、色々趣向を凝らすことが多い。

安さとバリエーションの豊富さから、日替わり定食はねこやの看板料理。それだけに、使う食材は手を抜くわけにもいかず、まずは自分で吟味し、作る料理を決めるというのがねこやの伝統である。

店主の目の前にあるのもまた、そんな食材の一つであった。

「今年最初の秋鮭(あきざけ)だしなあ」

そう、店主の前にあるのは出入りの魚屋が持ってきた鮭であった。今でこそ冷凍ものや輸入品、養殖ものが年中出回っているものの、旬の時期に出回る天然ものは安くて美味い。

特に秋のこの時期は脂がよく乗っているため、色々な食べ方ができる。

「さて、どうするのが一番美味いか……」

普通に捌いて刺身にするのもいいいし、塩を振って焼くだけでも十分美味い。

「……そういや新米もあったな」

米と鮭、この二つを活かす料理をと考え、店主はそれを作ることにして、自宅で使っている小さめの炊飯器を持ってくる。

それから捌いて一口大に切った鮭と、茸と、精米したばかりの米を仕込み……

「これでよし、と」

明日の朝炊き上がるようにタイマーをセットし、準備を終えた店主は軽く首を回す。

「明日の朝が楽しみだな」

炊飯器に仕込まれた秋の味に少しだけ顔をほころばせながら、店主はひとつ伸びをして、三階の自宅に戻るのであった。

朝の冷たい空気を感じながら、アレッタは最近はこの時くらいしか訪れなくなった貧民街を歩いていく。

（最近ちょっと涼しくなってきたかな）

王都にも秋が訪れた。夏の暑い日差しはおとなしくなり、市場には秋の作物や収穫されたばかりの新しい麦が並ぶようになった。

朝の澄んだ冷たい空気は少し肌寒いほどで、夏場は暑くて仕方なかった一張羅（いっちょうら）の冬用の古着の温かさがありがたかった。

「やあ、おはよう。朝から精が出るね」

「はい。おはよう」

途中、一年ほど前にアレッタがサラの家で住み込みで働くようになってから、貧民街に住み着いたらしいよれよれのローブを纏（まと）った若い魔術師とすれ違い、軽く挨拶（あいさつ）しつつ、目的地に向かう。

最近がれきが片付けられ、すっきりとなった空き地。その中心に異世界食堂への扉がある。

空き地に踏み入る瞬間、足にかすかにむずむずするものを感じながら、アレッタは扉に近づいて、開く。

（よし！　今日も頑張らないと！）

そこに向かう瞬間、アレッタは今日も頑張ろうと気持ちを新たにしながら、異世界への扉を通るのであった。

チリンチリンと鈴の音を響かせながら出勤してきたアレッタは、厨房に置かれた見慣れぬ物に首をかしげた。

「あの、なんですか？　これ？」

アレッタの目の前にあるのは、木でも金属でもない、異世界の物質でできた箱であった。

その箱からはしきりに蒸気が上がり、何やら魚の良い香りを漂わせている。

「ああ、そいつは炊飯器だ。ほれ、いつもメシ炊くのに使ってるだろ？」

「これがスイハンキ、ですか？」

店主の説明にアレッタは首をかしげる。米と水を入れておくだけでなぜか温かなライスが出来上がるスイハンキという魔道具は分かるが、それは銀色の金属の筒みたいな道具で、目の前の黒っぽい謎の箱とは似ても似つかない。

「ああ、店で出すのはちょいと難しい料理だから、業務用のやつで炊くのはちょっとな……」

美味いのは確かなのだが、いかんせん店の『洋食』とはあまり相性がよくないので、普段は出さない料理である。だが、新鮮な鮭とれたての新米がせっかく手に入ったのだからと、店主は『賄い用』にそれを炊いた。

「よし、炊けたな」

そう言いつつ店主が炊飯器の蓋を開ければ、漏れ出すのは、秋の香り。

「わあ……いいにおい……」

ショーユと米、そして臭みのない魚の香りに、アレッタは顔をほころばせる。

「だろう？　ねこや特製、鮭と茸の炊き込みご飯。多めに炊いたから、しっかりおかわりも食ってくれな」

アレッタの笑顔に、思わず店主も笑みを浮かべながら、その料理の名を告げた。

アレッタが席に着き、そわそわと待つことしばし。

「おう。待たせたな」

店主は盆に大根と油揚げの味噌汁、だし巻き卵、お新香と熱い番茶を載せて、アレッタの前に置く。

それに何よりメインの料理である、大きめの茶碗に盛った炊き込みご飯。

ねこやでは珍しい純和風の朝ごはんがそこにあった。

「ほれ」

「はい、ありがとうございます」

店主から炊き込みご飯が盛られた器を受け取る。

所々に紅色の魚の肉が混じったそれは、ショーユにより麦色に染まっている。

「それじゃあ、いただきます」

「はい。魔族の神よ。わたしに糧をお与えくださってありがとうございます……イタダキマス」

店主にならい、異世界風の感謝の言葉も交えてアレッタは祈り、食べ始める。


まず最初に手を伸ばすのは、目の前の器に盛られた、茶色いコメである。

（なんだかちょっとピラフに似ているけど……ヨウショクじゃないのかな）

この料理に一番近い料理を思い浮かべ、アレッタはそんな感想を持つ。あの、海の幸や燻製肉入りのコメ料理に似てはいるが、これからはバターの香りはしない。

また、食べるのに使うのも匙ではなく、ハシと呼ばれる二本の棒だ。白い野菜のすりおろしが添えられ、ケチャップも掛けられていない四角いオムレツは、ねこやでは見かけないものだ。

それゆえに一年以上ここで働いてきたアレッタは、それがなんなのかに気づく。

（もしかしたら、ワショクという料理なのかな……）

ワショク。店主が本当にたまにしか作らない料理だ。ハシを使って食べる料理で、コメ料理か、コメと共に食べる料理が多く、店で僅かにワショクの風味を持つ料理は、大抵西の大陸の人間が好む。

店主曰く『和食ならうちよりいい店が結構あるからな』とのことで、賄いでもあまり出てこない料理だ。

そんなことを考えながら、一口。

（あ、おいしい……これ）

炊き上げたコメの甘さが口の中に広がる。ほんのりと甘いコメにショーユの塩気がよく合っている。そして、ふんだんに混ぜ込まれた魚の肉と茸がまた、よい。

火が通った鮮やかな紅色の魚は、嫌な臭みなどなく、脂をたっぷりと含んでいた。噛み締めるたびに、旨みがにじみ出る、よい魚の肉。

険しい山間にあった故郷にいた頃は、魚など口にしたことがなかったアレッタにも、それは心地よいものであった。

加えられた茸もまた、よい。秋の味覚である茸は、アレッタの故郷でも時折スープの具になって出てきた。

少しの塩とハーブだけのスープであっても、茸を入れるだけで旨みが増し、またスープを吸った茸が美味しかったのを覚えている。

そして、このタキコミゴハンにはその茸が二種類入っていた。

黒い傘と白い柄を持つ『シメジ』と、小さく切り分けられた、ビラビラの『マイタケ』という茸。

　この二種類の茸が己の持つ旨みを米の中に吐き出し、代わりにショーユとコメ、そしてなにより魚の肉の旨みをたっぷりと吸っていて、それ自体が素晴らしい具となっている。

　コメ、魚、そして茸。三つの味を楽しんでいると瞬く間に茶碗が空になる。

「おう、おかわりいるか？」

「はい！」

　間髪容れず、自らも空になった器を抱えた店主からの言葉に、頷く。最初は遠慮もしていたが、どうもこの主人はアレッタが美味そうにメシを食うのを好むことが分かってからは遠慮せず、若さ故の食欲で、満腹で動けなくならないように注意しつつも結構な量を食べるようにしていた。

　そして、おかわりを待つ間に、おかずとして用意されたダシマキタマゴに手を伸ばす。

（……うん。やっぱり全然違う）

　汁気をたっぷり含んだタマゴは、噛むと中に溜め込んだ汁を出す。ほんの少しの砂糖とショーユの塩気と、それ以外の旨み。

　それは、前に好奇心に駆られて一個で銅貨数枚もする卵を買って茹でたときとは、似ても似つかぬ味だ。

　無論、本職の料理人（主人のサラに言わせれば王城の料理人にも匹敵する腕前らしい）である店主と、素人にすぎぬアレッタの腕の差ももちろんあるだろうが、それだけではない。

卵本来の味は、このダシマキタマゴのような味ではない。ボソボソしていたし、美味しいことは美味しいが、味は全然足りなかった。

（きっと、マスターしか知らない秘密の味付けがあるんだろうな）

アレッタは軽く水けを絞ったダイコンのすりおろしにショーユをかけ、口に運びながらそんなことを考える。ほんのり苦くて辛いダイコンとはっきりとしたショーユの味が、ダシマキタマゴに加わり、また違う風味を見せる。

「だし巻きは炊き込みご飯にも合うぞ。鮭と卵は相性がいいからな」

「はい……あ、本当ですね」

店主の、おかわりの器とともにきた言葉にアレッタもダシマキタマゴを口にしたあとさらに米を食べて、その味に納得する。

確かにこの魚の肉、サケというらしいものと卵の風味は、素晴らしい組み合わせであった。

そして、二人は黙々と、炊き込みご飯を食べ続けるのであった。

二人が食事を終えたとき、炊飯器いっぱいにあった炊き込みご飯は、空になっていた。

「まさか五合炊きが全部なくなるとはな」

朝からがっつりと食べてしまった店主がちょっと驚いた声をあげる。

店主自身、久しぶりの炊き込みご飯にテンションが上がり、少々食いすぎたことは自覚している。

そしてアレッタもまた、よく食べたことも。

「はぁ……美味しかったです」

店主と同じくらいの米を食い、心から満足した顔で、アレッタは熱い茶を飲んでいた。

（……また、そのうち作るかな）

その顔に、店主はちょっと満足しながら、声をかける。

「よし、腹も膨れたところで、今日も一日頑張るか」

「はい！」

店主の言葉にアレッタも笑顔で答える。

そして今日もねこやの忙しい一日が始まった。

第百一話　スイートポテトタルト再び

成人して間もない青年神官グスターボは、高くなるにつれて薄くなる空気にハァハァと息を切らしつつ、飛ぶ。

どこまでも続いているかと思えるほどに高い壁と、正面に広がる、白い雲混じりの青い空。

まだ冬の名残を残した山の空気は、吸い込むと凍りつくかと思うほど冷たく、容赦なくグスターボの体力を奪っていく。

(ち、父上は苦しくないのか……)

霞む目で、正面を飛ぶその姿を見る。己が生やした翼より強靭で大きな翼で飛ぶ、金の神の先輩神官であり父親でもある男、アントニオを。

飛んではだけた神官衣の間に見える、神官の文様を金粉で刻んだ鍛え抜かれた巌のような身体。

それは『偉大なる神々に仕える者たちの中で最も脆弱な種族の一つ』であると言われる人間でありながら、赤の神や緑の神の信徒たちと幾度も戦い、竜へと変じた大神官すら足止めをしたことがあるという偉大な神官であり、同時に幼い頃からの憧れであった男の勇姿であった。

――ようやく飛べるようになったか。では、よいところに連れて行ってやるのである。

そんな言葉を受けて、グスターボはこの場所へとやってきた。家から見える、この辺りで最も高い切り立った崖。

グスターボが冬の間修行に励んで、ついに身に付けた『竜の翼』を使い、その頂上まで昇ると言われたときには思わず耳を疑った。

確かに竜の翼を用いれば高く、遠くまで飛ぶことはできる。だが、この切り立った崖を昇りきれるかといえば、それには相当な修行を重ねなくてはならないだろう。

（も、もう無理だ……）

上が見えてこない状況と、薄い空気に頭痛を覚えたグスターボは、羽ばたきを緩め、崖の岩棚に足を下ろそうとした。

そのときである。

相応に鍛えられているグスターボの腕を、アントニオの大きな手ががっしりと掴む。

「もう少しで頂上だ……次からは自分で昇りきれるよう精進せよ」

そんな言葉と共に、その腕を掴んだまま、アントニオはより力強く羽ばたく。

「うわ、うわあああ！」

肩が外れるかと思うほどの強い衝撃と共に引きずられ、グスターボは思わず悲鳴を上げる。

「着いたのである」

一瞬、黒いものが目に入ったかと思った直後、ずっと見えていた壁が消え、全身を青い空が包む。

（の、昇りきった……？）

そう思った直後、放り投げるように手が離され、グスターボは切り立った崖の、ちょっとした足場に降り立つ。

「なるほど、これはすごい……」

そこから見える景色に、グスターボは息を呑む。雲すら突き抜けて遮るものがない、ひたすら続く青い空。翼を得て間もないグスターボにとっては、生まれて初めて見る光景であった。

（なるほど。これは……よい）

そう思い、連れてきてくれた父に言葉を掛けようと振り向く。

「ぬ。何をしている。はやく服を整えよ」

だが、アントニオはなぜか空の方を見て呆けている息子に対し、これからある場所に向かうので翼をしまい、着替えるように指示する。

「服？　父上、それは……え？」

その言葉に思わず聞き返そうとしたグスターボは、気づく。アントニオの背後……切り立った崖の壁面に、場違いな黒い扉があることを。

「父上。その扉は一体……？」

「うむ。言ったであろう。翼を得た祝いによい所へ連れて行ってやると」

息子の言葉にアントニオはひとつ頷いて答えてやる。背後にある扉がなんであるのかを。

「ここがよい場所……異界の料理屋への扉である」

にわかには信じがたい、真実を。

チリンチリンと鈴が鳴り、親子二人は扉を開けた。

「ここが異界……」

見慣れぬ店内の装飾と客たちに、グスターボは思わず辺りを見回す。

（随分と人間が多いな……白の神の民とも思えないが）

見慣れぬ服を着て、見慣れぬ料理を食う店の客たち……それらは、大半が人間であった。

無論、よくよく見れば赤の神の民らしきラミアや、緑の神に仕える神官服をまとった獣人、そして金の神に仕えることが多い種族であるセイレーンなどの姿も見えるが、全体で見れば人間が多い。

偉大なる六柱の神に仕える眷属（けんぞく）は、はっきりと人間に強い加護を与えることで知られる白の神の眷属を除けば、人間である者は少ない。神々を奉じるだけの知恵を持つ種族は多岐にわたるが、一般に、より神の守護する領域に近いものほどその加護を強く受けるためだ。

例えばグスターボの奉じる金の神は空を司（つかさど）る神とされる。

それ故に金の神の神官にはセイレーンやハーピー、バードマンやテングといった生まれついて翼を持ち、空を飛ぶことができる種族が多い。むしろ厳しい修行を重ね、翼を得てようやく空を飛ぶことができる人間は、金の神を奉じる民の中では少数派なのである。

にもかかわらず、この店には人間が多い。それどころか。

「お待たせしました。ご予約の品をお持ちしました」

「うむ、ご苦労。あとは温めた牛の乳を頼むぞ」

父と朗らかに会話しているこの店の給仕らしい娘に至っては、頭から生えた角とその身からかすかに立ち上る魔力の質から見るに、全ての神共通の敵である、混沌を奉じる邪教徒である。

「父上、よろしいのですか。放っておいても」

「よい。というよりここで暴れて迷惑をかけるわけにはいかん。この地は神々も見守っておられるのだ」

給仕が去ったあと、思わず小声で確認してきたまだ若くてその分融通のきかぬ息子を諭すように、アントニオは言葉を掛ける。

「それにな、今日はお前の祝いのために特別な品を用意させた。今日は争いなどよりそれを楽しもうぞ」

そう言いつつ、七日前に頼んでおいた、大皿に盛られた特別の菓子を見る。

タルト生地の器をいっぱいに満たす柔らかな黄金のクマーラと、その上に飾られたアザルの甘露煮。

生地の茶色と、クマーラの黄金色、そして透き通った飴色のアザル。

「これはまた、随分と豪華な菓子ですね。この黄金色のものはもしやクマーラでしょうか」

目の前の大皿に置かれた菓子に、アントニオそっくりの、見た目の割に甘いものを好むグスターボは感心して声を上げる。

「うむ、ここの主に相談したところ、この時期であればこの『リンゴとサツマイモのタルト』とやらがよいと聞いてな。作ってもらった」

正直アントニオも食べるのは初めての品だが、この店のクマーラの菓子『スイートポテトのタルト』の美味さは知っているだけに不安はない。

「さあ、食うとしよう……見ているだけでは酷というものだ」

そして親子二人のささやかな宴が始まった。

大きな皿の上に置かれた菓子を切り分けるべく、アントニオは銀色に輝くナイフを取る。

(うむ、この大きいタルトというものもなかなかよいものであるな)

三日月の形に切られた透き通った飴色のアザルが、満月を描くように並べられ、その下には黄金色のクマーラの海が広がる。

その海をかき分けるように銀色のナイフが滑り、黄金の海が切り分けられていく。

目の前の息子がゴクリと唾を飲む音を聞きながら、切り分けたタルトの中でも僅かに大きい一切れを取り、一緒に運ばれてきた小さな皿に載せてそっとグスターボに渡す。

「今日はお前の祝いである。お前から食うがよい」

「……よろしいのですか」

グスターボは素直に受け取りつつも、そのことに驚く。

いつもならば、家長であり一族きっての神官であるが故にどんな料理でも最上の部分を真っ先に食うのが、目の前の父である。

それが、手ずから切り分けた菓子とはいえ、最も大きい最上の部分を息子に譲ってきたのだ。

「なに、気にするな。今は他の一族の目もない。ここには我とお主だけなのだからな」

そう言って、アントニオはいつもの威厳を少しだけ捨てて微笑んでみせる。

アントニオは有力な神官である。それ故に一族を相手にするには厳格さと、威厳が求められる。だがここには金の神の関係者はほとんどいない。

だからこそ、アントニオは今日は少しだけ、家族を優遇することもできるのだ。

「それより食うがよい。我もこれは初めてではあるが、実に美味そうだぞ」

「はい」

父の言葉に促され、グスターボは皿の上に置かれた菓子を手に取る。

(う～ん、ここまで鮮やかな黄金色のクマーラは見たことがないな)

切り分けた断面から覗くクマーラは実に鮮やかな黄金色で、それだけでも食べるのがもったいないと感じさせられる。

グスターボですらそうなのだから、少しでも美味いクマーラをと市場で探し求めている母ならばもっと喜んだだろうと思いつつ、かじりつく。

「……こりゃあ、美味い」

それが、最初に漏れた感想であった。

まず歯に当たったのは、アザルと、クマーラの下に敷かれた土台の生地。

軽く煮られたアザルは柔らかくありながらもほんの少しだけ歯ごたえを残し、砂糖煮故の甘さとアザルそのものが持つほのかな酸味、それから煮込んだあとにふりかけたのであろう茶色い何かの香辛料の風味が混じり合っていて、それだけでも十分に美味いと感じさせる。

下の土台の生地は歯の上で小気味よく崩れ、乳とバターの風味を余韻として残しつつ、果物のそれとは違う甘さを感じさせる。

そして、なにより中心に位置する。黄金色のクマーラが素晴らしかった。どうやらこのクマーラは、火を通した後で念入りに一度潰したものらしい。

徹底的に潰したクマーラは、焼いただけ、煮ただけのクマーラのボソボソした食感はなく、クマーラの持つ果物とも砂糖菓子とも違う甘さを、口の中に滑らかに広げていく。

また、このクマーラの中には四角く切ったアザルが混ぜ込まれていた。このアザルは上に飾られているアザルと違い、砂糖煮にされていない。

それだけに酸味が強めで甘みが弱い。そのことがアザルと生地、そしてクマーラの三種類の甘みを引き立てていた。

「驚きました。こんな美味い菓子がこの世にあったとは」

「そうであろう。我もここの菓子を初めて食ったときは驚いたものだ」

息子の素直な感想に、アントニオもまた初めて秘密を共有したことに満足しつつ、切り分けたタルトに手を伸ばし、食う。

（……ぬ。これはいかん）

そして、息子と同じくその味に驚いた。いつも食っている小さなタルトも美味だが、これはまさに特別の席に相応しい菓子であった。

丁寧に処理されたクマーラの美味さが、上に乗せられたアザルの酸味を含んだ甘さとこれほど合うとは思わなかった。

これではこの大皿一つ分では、とても足りない。

「……ぬう!?」

そう思って見てみれば、既に息子は三切れ目に入っていた。どうやら若い食欲が遠慮というものを忘れさせたらしい。

（これはいかん！）

ボヤボヤしていたらひと切れ食っただけで終わってしまう。

そのことを直感したアントニオは、慌てて自身もタルトを口に運ぶのであった。


結局、大皿一つ分のタルトでは足りず、いつものタルトをいくつか注文し、存分に食ったところで、二人は満足して温めた牛の乳を飲む。


甘みの薄い牛の温かな乳が、甘くなった舌を洗い、タルトでいっぱいになった腹に落ちていく。

「「ふう」」

思わずついたため息が揃い、少し気恥ずかしげに笑い合う。

「店主、馳走になった」

そんな言葉をかけ、懐から金袋を取り出し、いつもより多めに金を渡す。

「はい。ありがとうございます。今後ともご贔屓に」

「うむ。またしばらく厄介になる。頼むぞ」

父親が人間種の店主とそんな話をしている間、グスターボは密かに給仕を呼び止めて、言う。

「このタルトという菓子、もう少し貰(もら)えるか？　持ち帰りたいんだ。金はちゃんと払う」

これほどにうまいのだ。きっと気になる神官の娘にでもくれてやれば気も引けよう。そんな気持ちから、己(おのれ)が神官として稼いだ金からグスターボは土産の打診をする。

「はい。大丈夫ですよ」

給仕は、邪教徒らしい暗さやいやらしさはない、なかなかに美しい笑顔で答える。元々ケーキを持ち帰る客は珍しくない。

日持ちこそしないが、それでも一日は持つのだからと、帰ったあと、また胃袋に余裕ができたら食うために頼む客も結構いるのだ。

「じゃあ、そうだな。両の手の指と同じ数だけ包んでくれ」

そうしてグスターボは誰に渡すかを算段しつつ、注文をする。

……後に、一年を通してあの険しい崖を駆け上がる羽目になるきっかけになるとは気づかずに。

第百二話　カナッペ

一年前に街を訪れたときに見つけた石造りの山小屋。

ふもとの街の住人であるドワーフに合わせているのか、ヨハンの胸元までしかない高さの扉をかかんでくぐり、前来た時にはなかったそれに気づいたとき、ヨハンは苦笑した。

（なるほど、勝手に『使う』不届きもの対策というわけですか）

ヨハンの目の前にあるのは、オウガが渾身（こんしん）の力で殴っても壊れなそうなほど分厚い、鋼（はがね）の扉。卓（テーブル）や寝台はあるものの、所詮はただの山小屋でしかないその小屋には似つかわしくないそれ。

ここを訪れ、利用したたいていの者が首をかしげるそれが『なぜ』あるのかを知るヨハンは、懐かしげに眼を細める。

（いやはや、あの時は生きた心地がしなかった）

そんなことを考え、流れの商人であるヨハンは一年前に味わった素晴らしい酒に思いをはせる。

きっかけは、一つの噂(うわさ)であった。

なんでも、歩いていけば数カ月はかかる遠い街に住まうドワーフが、新たなる火酒(かしゅ)とやらを開発したという。それはドワーフの火酒に相応(ふさわ)しい酒精の濃さと、ただただ酒精が喉(のど)を焼くだけの火酒とは一線を画す複雑な味わいを持つ酒で、ドワーフはもちろん、酒好きの人間の貴族ですら賞賛し、欲しがるほどの品だという。

ただ問題は、その酒はドワーフがほとんど飲みつくしてしまうので常に品薄で、とても商売として成り立つほどには商人は仕入れることができない。

それ故に、その酒は壺(つぼ)一つ、土瓶(どびん)一本が、ドワーフの街から一歩出れば相当の高値で取引されている、と。

その噂にヨハンは儲(もう)けの匂いを感じた。金持ちというものは、珍しいものに目がない。特に西の大陸のドワーフが作っているという『ウメシュ』なる酒などは、東大陸では大陸一の王国の王族が飲む酒の一つになるほど珍重されている。

さらに言えば、ヨハン自身、訪れた街に名物の酒があると聞けば必ず飲むほどの酒好きでもある。未(いま)だほとんど出回らぬ新しい酒と聞き、居ても立ってもいられずドワーフの街を訪れることにし、旅すること一カ月。

ヨハンはようやく、ふもとの街が見える山の上までやってきていた。

「ふぅ……ようやくここまで来たか」

ふもとに立ち並ぶ石造りの小屋と、その小屋の煙突から上る煙を見て、ヨハンはようやく目的地が近いことを悟る。一般に何かしらの職人であるドワーフは、鉱物が取れる山の中に街を作ることが多い。

そのため、人間が訪れようと思うと、こうして苦労することも多い。

「さて、少し休んでいきたいが……おお」

長旅で疲れた身体で山を下るのはなかなか重労働だと思い、辺りを見回したところで、それに気づく。ヨハンの目の前には、石造りの小さな山小屋があった。

「……うん、どうやら誰もいないか」

おそらくはドワーフが、山の上まで来たときの休憩所として作ったものだろうと当たりをつけたヨハンは、ドワーフの身長に合わせたらしく低いところに取り付けられた扉の取っ手にかがんで、手をかけてみる。

幸い鍵はかかっておらず、少し休む分には問題なさそうだ。

「よし、ありがたく使わせてもらうとしよう」

荷物を積んで連れてきた荷馬を適当な岩場につなぎ、ヨハンは小屋の中に入り、中を見回す。ドワーフの身の丈に合わせた低い卓が一つと小さめの寝床がなぜか二つ並び、小さな小屋だが作りはしっかりとしていた。

「うん、この奥はどうなっているんだ？」

ひとしきり見回した後、奥の部屋につながると思しき大きな扉に手をかけ、覗き込もうと扉を開ける。そして、小屋の中にチリンチリンと来客を告げる音が鳴り響いた。

「……なんでドワーフの小屋の奥がこんなことになっているんだ？」

扉を開いて中を覗き込んだヨハンは、呆然としてつぶやいた。

ドワーフの小さな小屋の奥の部屋。

それは山小屋そのものより大きく、明るい部屋であった。

夕暮れ時にもかかわらず、まるで昼間のように明るい部屋の中には、何人もの客がいて……飯を食っていた。

（おいおい、セイレーンにオウガに、ありゃあ……まさか、ラミアか？）

部屋の中を見て、人間や慣れ親しんだエルフなどの種族に混じって明らかにモンスターである種族までいることに気づき、ヨハンは思わず立ちすくんだ。彼らは幸いにもヨハンの方には視線すら向けず、見たこともない料理を食べていた。

「ここは一体……」

「あの、いらっしゃいませ。初めての方ですよね？　ようこそヨーショクのネコヤへ」

いまいちどんな場所かつかめずにいると、奥から出てきて他の客の元へ料理を運び終えた魔族らしき娘が、ヨハンに話しかける。

「ヨーショク？　ネコヤ？　ってかここはなんなんだ？」

　声のした方に向きなおり、魔族の娘に尋ねる。

「はい。ここはですね、わたしたちの住んでいる世界とは違う世界にある、お料理のお店です！」

　その、初めて来た客であるヨハンに、魔族の娘は愛着と誇りをもって力強くそこがどこであるかを告げた。


　そして、それから少しして。

（異世界、異世界か……）

　つい先ほど言われたことが未だに信じられないまま、料理の名前や内容が書かれた『メニュー』を眺める。

　ここは、ヨハンたちの暮らす世界とは異なる世界にある料理屋で、七日に一度だけヨハンたちの世界に出入り口である扉が現れる、らしい。

（なるほど、異世界か）

　メニューには、コロッケやフライドポテトなどの例外を除けば、聞きなれぬ名前の料理ばかりが並んでいた。

料理名の下には一応東大陸語で丁寧にどんな料理なのかが書いてあるのだが、それを見てもいまいちどんな料理なのか分からないものもある。

(ほう、酒も扱っているのか……火酒、か)

パラパラとめくっていくうちに、酒の項目を発見する。エールや蜂蜜酒、葡萄酒といったヨハンのよく知る酒に混じり、ウィスキーなる酒を見つける。

――――火酒に似た酒。ただし味わい深し。非常に濃いので、大きな氷を入れた杯で飲む『ロック』と、水で割る『水割り』が一般的。

そんな説明が添えられた酒を見て、ヨハンはこれを頼もうと決意する。

(それと何か軽い食べ物も……)

そう思いつつ、酒の一覧が並ぶ項の隣に書いてある料理に目をとめる。

「お嬢さん、悪いが注文をしてもいいかね?」

「はい。ご注文をどうぞ」

魔族の娘の言葉に一つ頷き、注文を出す。

「このウィスキーという酒を氷入りのロックで。それと……この、カナッペというものの盛り合わせを一つ」

ウィスキーという異世界の火酒と、ウィスキーという酒とよく合う軽い食べ物だというそれを。

それから無料で出された水で喉を潤し、一緒に出された湯を含ませた布で汗をぬぐって待つことしばし。

「お待たせしました。ウィスキーのロックと、カナッペの盛り合わせです」

ことりと、皿に並べられた料理と、硝子杯が置かれる。

「ほう、これはなかなか、美しいな……」

最初にその料理を見たときに、ヨハンが抱いた感想がそれであった。純白の皿の上には、さまざまな色が乱舞していた。鮮やかな緑と淡い黄色、肉の桃色、そして鮮やかな橙色の魚の切り身に、黒い干し葡萄が混ざったバターの乳色……それらが小麦色に焼かれたパンの上に並べられている。

その隣には澄んだ茶色の酒が半分ほどまで注がれ、子供のこぶしほどの大きさの氷が浮かべられた、透明な杯。

それらが店の天井から降り注ぐ魔法の光に照らされて輝いて見えた。

（まずは、酒だな）

ごくりと唾を飲み、硝子杯を手に取る。大きな氷で冷やされたそれが、山登りで熱くなった手のひらを心地よく冷やす。

（では……）

強い酒にむせる羽目にならぬようそっと杯を傾けて、口の中に流し込む。

（おお……！　これは強い酒だ）

とたんに舌と喉が焼けるように熱くなる。なるほど、これは火酒だ。人間が一気に飲むとぶっ倒れる羽目になる、強い酒だ。

（そして、美味い酒だ）

さらに少しだけ口の中に流し込み、今度は舌の上で転がしてみる。ウィスキーなる異世界の酒は、強いだけではなかった。


独特の香りと、複雑な味わいを併せ持っていた。


それは、ただただ喉を焼く強さのドワーフの火酒とは、一線を画する味であった。

（これは……一度に飲んでしまうのはもったいないな）

そんな思いと共に一旦杯を置く。無論、次のお代りを頼めば済む話だが、これだけ強い酒だ。杯を重ねれば酔いが回って味を感じ取れなくなってしまうだろう。

それは避けたい。

(では、このカナッペというのを食ってみるか)

酒を置いた後、ヨハンは皿の上に並べられたカナッペを見る。どうやらこれは小麦色に焼いたパンの上に色々な食材を並べた料理らしい。

色とりどりの具がヨハンの目を楽しませる。

どれから食べようか。

少し迷った後、そのうちの一つを手に取る。

上に並べられた具は、鮮やかな緑のキューーレ。それが淡い黄色の何かの上に置かれている。ヨハンはそれを片手でつまみ上げ、かじりつく。

(ほう、これは、卵か!)

そうして食べてみて、その正体に気づく。しゃくりと口の中で砕ける新鮮そのもののキューーレと共に感じるのは、ほんのりと酸味を帯びた卵の味。

どうやらこれは卵を細かく刻んでソースで和(あ)えたもののようだ。

(この卵、これは美味いな。キューーレにも合う)

キューーレの下に敷かれた、この卵の味が絶品であった。淡い酸味と、豊かなコク、それらが混じり合った柔らかな味。

おそらくはこれだけでも十分美味いそれが、小麦の味が強いパンとみずみずしいキューーレと組み合わさると、さらに素晴らしい味となる。

(惜しむらくは、小さすぎることだ)

そう、元々は酒を味わうためのお供である悲しさか、カナッペという料理は小さかった。たったの二口で、素晴らしい卵のカナッペは胃袋の中に消え去ってしまったのである。

(だが、逆に言えば、色々と味わえるということか)

卵の味を充分とは言えないものの堪能したヨハンは、他のカナッペに目を向ける。並べられたカナッペには、同じ味のものは二つずつしかない。当然残りの、全く違う具が載せられたカナッペは、すべて違う味わいなのだろう。

それがどれくらい美味かは分からないが、最初の一つが美味だったことで不安はない。むしろ期待と共にヨハンはあれこれと迷ってしまう。

次に手を伸ばしたのは、橙色(だいだいいろ)の魚の切り身らしきものが載せられたものであった。

(これは、火が通っていないようだな……大丈夫なのか)

持ち上げてみて、その魚には火が通っていないことを知って少し不安に感じるが、思い直す。この店は少なくとも良心的な店だ。腐りかけや、明らかに不味いものを出すような店ではなさそうだ。

そう考え、今度は魚のカナッペを口に運ぶ。

（うん……やはりか）

その味は期待通りであった。脂がよく乗ったその魚は柔らかく口の中でほぐれていき、塩気と脂が舌を楽しませる。

魚にはほんのりと木の香りが混じっていた。どうやらこれは燻製であるようだ。

（なるほど、燻製ならば火を通さずとも食えるというわけか）

この魚には十分な水気があるため、決して日持ちするものではなさそうだが、それでもより美味にするということには成功していた。

さらにこの魚の下には白い、酸味を帯びた柔らかなチーズが敷かれていて、それがまた魚の切り身の味わいと混ざると絶品であった。

（次はこの燻製の肉……ほう、これは下のチーズも燻製にしているのか！）

その肉にかじりついた瞬間、その風味に気づく。今までの二つと違い、火を通された形跡があり、まだ温かい熱を帯びたカナッペからは、噛みしめると肉の旨みとチーズの風味が溢れ出した。

よく脂の乗った燻製肉の美味な肉汁と脂がチーズの風味と絡み合い、今までの二つにはない、肉の満足感を生み出している。さらにこの二つから漂うのは、かすかな木の香り。肉を燻製にするのはごく普通だが、チーズまで燻製にして出すのはなかなか珍しい。

だが、よく合う。燻製肉と燻製チーズは相性がよく、お互いの味と香りを高めていた。

（……さて、酒に戻るか）

　カナッペで空腹を癒やしていると、やがて皿が空になる時が来た。

　ヨハンは、塩気の強いバターに甘い干し葡萄を混ぜ込んだものを載せたカナッペを食べながら、再び酒に手を伸ばす。

　腹は満たされた。後は酒を楽しもうと杯をあおり……

「んん!?　先ほどと味が違うぞ!?」

　さっきとは違う味わいに驚く。酒はさらに柔らかく、飲みやすくなっていた。

　先ほどは喉を焼いたウィスキーが、今度はするすると喉を通っていく。

「そうか！　氷が溶けたのか！」

　少し考え、その理由に気づく。氷が溶けることで、ウィスキーは先ほどより若干酒精を弱めた。

　それがこの味の違いになっているのだ。

「だが、わずかな水でこれだけ味が変わるとは……ずいぶんと面白い酒だな」

　もう酒が残っていない硝子杯を眺めながら、水を加えるだけで味わいが相当に変わる酒を見る。

「すまない！　このウィスキーをもう一杯、否、もう一瓶もらえないか！　水も一緒に持ってきてくれ！　それとカナッペももう一皿！」

これだけ美味い酒ならば味わい尽くさねば損だ。幸い、扉の向こうは寝る場所もある山小屋。たとえ一夜を明かしても問題なかろう。

そう見切ったヨハンは追加の注文をする。

ヨハンは酒好きである。

それ故に、この素晴らしい酒を楽しまぬという選択肢は最初からなかった。

酔いが回り、少しだけ怪しい足取りで扉を開けて出る。

（ああ、美味かったな。酒が一本しか手に入らなかったのは残念だったが）

存分に酒とあのカナッペとやらを堪能した後、ヨハンは申し出た。

ここにある酒を何本か仕入れたい、と。だが、その言葉に店主は首を横に振り、こう答えた。

「すいませんが、酒の瓶売りはお一人様一本までお願いします。うちは料理屋であって酒屋でも問屋でもないので」

聞けば、なんでも昔、先代の店主がそう決めたらしい。酒の一本くらいならここに来られない客の『お土産』にするくらいは認めるが、それ以上は売らない。

どうやらこの店の酒や調味料を『仕入れ』ようとして、大量に注文した商人が結構な数いたせいで、定められた決まりらしい。

（まあ、仕方ないか）

酔いが回っても頭の血の巡りまでは衰えていないヨハンは、その言葉に納得し、引き下がった。

ヨハンの見立てでは、売る相手を間違えなければこの酒は『仕入れ』た値段の十倍はつくだろう。

できることならば、持てるだけ買っていって売りさばきたいと思うのは、商人ならば誰しも同じだ。

だが、それではこの『美味い料理を出す料理屋』としては面白くないという理屈はヨハンにも分かったのである。

（さて、これを持っていくか、それともドワーフの火酒（かしゅ）を仕入れていくか……）

そんなことを考えながら扉の外に出たとき、ヨハンは酔いが一気に冷めたのを覚えている。

ことで。

「おんどりゃあ何しとるんじゃ！」

「この酒泥棒めが！　覚悟はできとるんじゃろうな⁉」

完全に臨戦態勢を取り、ついでに怒り狂っているドワーフ二人に巨大な斧を向けられた

あの日は本当に死ぬかと思った。

（あの時は結局、持ち帰った酒を譲って何とか許してもらったのだったな）

というか、そうしなければ今頃生きてこの世にいなかったかもしれないと、ヨハンは思う。

それから七日間待つ間にふもとの街でドワーフに混じって新しい火酒（これはこれで美味だった）を仕入れ、それからドワーフと連れ立って異世界食堂に行き、再び酒を大いに飲んだあと酒を仕入れた。

たった一本しかないその酒は立ち寄った街の酒好きの貴族への贈答品として大いに役立ち、ヨハンの商売の手は少しだけ広がった。

今日は、また手に入れてきてほしいという依頼を受けたために来たのだ。無論、前回の失敗を犯すつもりはヨハンとてない。

ヨハンはしばらくの間小屋に滞在する。そして。

「おう！　なんじゃ⁉　また来たんか！」

「久しいのう！　また酒が欲しゅうなったか！」

大声を上げながら入ってくるこの小屋の主二人に。

「ええ。またご一緒してもよろしいですか？」

前に来た時から友人になったヨハンは、笑顔で問いかけるのであった。

第百三話　フルーツグラタン

秋の遅い日が昇ってまだ間もない時間。

いつもより早く朝食を食べて身支度を整えたヴィクトリアは、日が昇ると同時に現れた黒い扉の前に立っていた。

(今日は、依頼があった)

こくりと唾を飲み、この扉の向こうで、七日前に依頼された『仕事』を思い出す。今度、新しく作り出したという料理を試食し、どんな料理であるかを『メニュー』に名前と値段と共に記載する。

それがヴィクトリアに依頼された仕事である。かつて己(おのれ)の師匠であるアルトリウスが引き受けていたというこの仕事は、ごく一部……異世界では『デザート』と呼ばれる甘い菓子の料理に限って、ヴィクトリアに依頼される。

(一体、どんな菓子を作ったのだろう)

扉に手を掛けつつ、今日出される菓子がどんなものかと考える。ヴィクトリアは、異世界の菓子が好きである。

八年前、甘いものはあまり好きではないという師匠アルトリウスに乞われ、あの扉を通って、さまざまな異世界の菓子を口にしてから、ヴィクトリアは七日に一度のその日は必ず異世界を訪れ、あちらの菓子を口にしてきた。

異世界の菓子は今のところ公国の、否、この世界の菓子より技術的、味わい共に優れたものが揃っている。どうやらその認識は間違いではなかったようで、ここ何年かは明らかに菓子を目当てに通う客も無視できない数になってきている。

(師匠から聞いた話によれば、八年前、あの店の店主が専門の職人から菓子を仕入れるようになる前は、デザートというのは片手の指で数えられるほどの種類しかなかったという)

一番美味だと思うのはプリンと呼ばれる卵と乳の菓子であるが、他のケーキやアイスクリーム、ゼリーといった菓子も美味だと思っているし、未知の異世界の菓子もまた楽しみにしている。それ故にこうして時折くる依頼は喜んで受けるようにしているのだ。

そして、いつものように扉を開くと、チリンチリンと鈴が鳴る。

入ったヴィクトリアの目に映るのは、店主とアレッタ以外はまだ誰もいない、掃除が行き届いていつでも客を迎え入れる準備が整った店の中。

「あ、いらっしゃいませ。ヴィクトリアさん」

「ようこそ！　ヨーショクのネコヤへ！」

——いらっしゃい、ませ。

鈴の音と共に入ってきたヴィクトリアを、店主とアレッタ、そしてクロの三人は笑顔で出迎える。

「うん。おはよう」

その三人に薄く笑みを浮かべて挨拶（あいさつ）したのち、ヴィクトリアは尋ねる。

「それで、新しく作ったというデザートは？」

「ああ、今日食べてもらおうと思っているのは、フルーツグラタンですよ」

問いかけると、店主がその料理の名を告げた。


すぐに出しますので、と店の奥に引っ込んだ店主を見送りつつ、ヴィクトリアはどんな料理が出るのかと考える。

（果物のグラタン……一体どんな料理なのだろう？）

グラタンという料理はヴィクトリアも知っている。肉や海のもの、野菜や茸（きのこ）、それから小麦でできた麺などを騎士のソースで和（あ）えて陶製の器に入れ、チーズをかけて窯（かま）で焼いた料理だ。

菓子ほどではないがなかなかに美味な料理で、寒い時期には注文する客が多い料理でもある。

だが、そのグラタンに果物を入れているのは見たことがないし、ヴィクトリアの知るグラタンに異世界の甘い果物を入れても合わない気がする。

(店主のことだから変なものは出さないと思うけど……)

そう思いながら待つヴィクトリアには、不安はない。

ヴィクトリアとて、ここに何年も通っているベテランであるだけに知っている。

店主は、少なくとも己(おのれ)が美味いと思わぬ料理は決して出さない。ならばきっと、フルーツグラタンという料理も美味なのだろう、と。

「お待たせしました。フルーツグラタンです」

「うん。ありがとう」

だから、アレッタがその料理を運んできたとき、ヴィクトリアは自然と笑顔で迎えていた。

目の前に置かれたのは、普通のグラタンより心持ち小さめの器であった。

「熱くなっているので注意してくださいね……それでは、ごゆっくりどうぞ」

そんな言葉と共にぺこりと頭を一つ下げるアレッタに、無言で小さく頷(うなず)き返し、ヴィクトリアは目の前のグラタンに集中する。

（黄色い。これは、騎士のソースではない？）

それが、ヴィクトリアがフルーツグラタンを見た最初の感想であった。淡く茶色い焦げ目がついた表面に、その中で泳ぐ果物という見た目は、まさにヴィクトリアの知るグラタンであったが、違う点もある。

具材がすべて甘い果物という点もそうだが、最も目立つのは、黄色いこと。

そう、フルーツグラタンは淡い黄色のソースで作られており、チーズは使われていない。あくまで果物と黄色いソースを焼き上げたもののようだ。

（これはおそらく……）

ヴィクトリアは小さいスプーンを手に取る。フルーツグラタンの上に張った茶色いパリパリとした皮を破り、中の黄色いソースとフルーツをすくい上げる。

それからぺろりと唇をピンク色の舌でなめた後、口の中へと運ぶ。

（……やはりカスタード？　いや、少し違う？）

口の中に広がる甘さに、ヴィクトリアは冷静にその菓子の正体を見極めようとする。

まず、果物。

これはおそらく一度砂糖煮にされたものであった。生の果物の歯ごたえや酸味は弱くなっているものの、当然普通の果物よりもずっと甘くて柔らかく、噛(か)むと果物の甘い汁が溢(あふ)れ出す。

最初に食べたこれは桃(もも)と呼ばれる果物だろう。鮮やかな橙色(だいだいいろ)のそれは、ケーキなどでもよく見かけるものだ。

問題は、ソースであった。

淡い黄色のソースで、デザートに使われるもの。その条件からヴィクトリアはこれをプリンなどに使われている、乳と卵のソース、カスタードソースだとにらんだのだが……

(おそらく、乳は使われていない。代わりに、葡萄酒(ワイン)の香りが少しする)

そのソースの甘く滑らかな食感はカスタードのそれと同じ。だが、カスタードの乳の風味はなかった。代わりに少量の葡萄酒が混ぜ込まれているのか、酒精は完全に飛んでいるが、ほのかに葡萄酒の香りをまとっていた。

(……なるほど、これはこれで美味)

口の中で転がしてみて、その結論に達する。グラタンというだけあって、そのソースは温かい。

それが、基本的に冷やして食べる菓子に使われているカスタードではない別のソースを使う理由なのかもしれない。そう思いつつ、続いてヴィクトリアはこのグラタンの具材……数々の果物に目を向ける。

フルーツグラタンには無数の果物が泳いでいた。おそらくはすべて砂糖煮にされたもの。

それらを一つ一つ、味わっていく。

最初に食べた桃は、歯を立てればそのまま歯が果肉に沈み込むほどに柔らかで、甘い香りと汁気が強い。

噛みしめると大量の果汁を溢れさせて潰れ、口の中に温かい汁を残していった。

その次に口にしたのは、同じ橙色でも風味の違うミケーレであった。こちらは甘みの中にも酸味を含んでいて、甘酸っぱい風味がある。

それが甘くてねっとりとした黄色いソースと引き立て合っていて、美味である。また、口の中で房が潰れる感触もよかった。

煮込まれてなお、独特の風味を残していたのはこの時期になると公国でもよく食べられる梨(なし)であろう。煮込んでもなお独特の歯ごたえがあった。

どうやら菓子によく使われるシナモンと呼ばれるスパイスが使われており、その風味と香りが加わったのがまた美味であった。

そして、最後に味わったのが、異世界でバナナと呼ばれる果物であった。それはねっとりとしていて他の果物にはない甘さがあり、公国ではあまり見ない。文献によれば西大陸の南部では普通に手に入る品らしいのだが、東大陸には交易船により少量運び込まれるくらいで、ほとんど出回らない品であると聞いたことがある。

異世界の果物はどれもヴィクトリアが知る果物より甘い。それを風味を残しつつも柔らかく甘く煮込んで、ねっとりとした卵のソースで和えて、焼く。

表面の少しだけ焦げた苦みがソースと果物の甘さを引き立て、ヴィクトリアを次の一口へ次の一口へと引き込んでいく。

(やはり、外れではなかった)

店主が新しくメニューに加えようという菓子は、どれも美味である。そのことを改めて認識し、ヴィクトリアは最後の一口まで、スプーンを止めることなく動かし続けるのであった。


——フルーツグラタン。果物の砂糖煮を甘い卵のソースとともに焼いたもの。果物の甘さとソースの甘さが美味。銅貨四枚。


ひとしきり味わった後、手慣れた手つきで、店主が持ってきたメニューに必要な事項を書き込んでいく。

「できた。これでいい?」

「ええ。ありがとうございます。毎回ありがとうございます」

ヴィクトリアが書いたメニューを受け取り、確認した後店主が頷く。

「よかった。では、いつもどおりプリンを……ああ、それとこのフルーツグラタンというのは、持ち帰り用はあるの？」

いつもの『お土産』を注文しつつ、ふと気になったことを尋ねる。

「ああ、あります。美味いですよ。冷めたら冷めたでまた違う味わいがありますから」

ヴィクトリアの問いかけに、店主は頷いて言葉を返す。

焼きたての温かいものも美味いが、冷めてもまた美味い。それがフルーツグラタンという料理である。

「じゃあ、それも三つ。弟の子供たちにも食べさせたいから」

最近なぜかよく遊びに来る甥っ子と姪っ子にも一つくらいは分けてやってもいいだろう。

そう思いながら、ヴィクトリアは持ち帰り用を注文するのであった。

第百四話　カルパッチョ三たび

ちょうどドヨウの日にぶつかるように非番を合わせ、昼間から異世界食堂へとやってきたハインリヒは、いつものようにエビフライを食べながら、とある客を見ていた。

「あ、このお魚、いつもよりもっとおいしいかも！　これ、もう一回ちょうだい！」

「ああもうイリス！　そんなに騒いじゃだめだよ！　すいません。同じものをください」

騒ぎ声を上げながら料理を食べているのは二人組の客。

一見すると二人の少女に見えるが、しゃべり方からして男女のつがいなのであろうその客は、背中から生えた翼をだらりとたらしながら実に美味そうにその料理を食べていた。

（しかし、生の魚など、食べても大丈夫なのか？　魔物だからなのか？）

公国にある海辺の町の領主の家に生まれたハインリヒは、その二人が海の魔物として恐れられるセイレーンと呼ばれる種族なのは知っている。

海辺に住む鳥の魔物である以上、魚を好むのもまあ分かる。セイレーンが火を使うという話は聞いたことがないので、火を通さぬ魚を好むのも当然であろう。

ハインリヒの故郷では、魚は生で食べてはいけないと言われていた。

煮るか、焼くか、内臓を取り除いて干すか、はたまたかちかちになるまで燻製にでもするか。

とにかく、生では食べなかった。火を充分に通さず食って、魚の中に潜む虫や腐った魚の毒気に中てられて腹を下したとか死んだなんて話も、子供のころはよく聞かされたものだ。

（だが、実に美味そうだ）

その一方で、エビフライを食べ終えつつ、ハインリヒは思う。そう、実に美味そうなのだ。生の魚という、常軌を逸した料理でありながら。

この異世界の店は、何が一番美味いか。

それは誰に尋ねるかで大きく変わる。あるものは油で揚げた肉料理が一番美味いと言うし、この店の真価は新鮮で味のよい野菜や茸にありと答える客もいる。

パンこそ隠れた主役という者もいれば、米こそが至高と答える者もいる。

昼に来て料理を堪能すべしと言う客がいれば、昼下がりに茶と共に菓子を食うのが一番よいと言う客もおり、夜に浴びるほど酒を飲みながら飯をかっくらうのが正しい楽しみ方だと言う客もいる。

そしてハインリヒに言わせれば、この店の真価は豊富な魚や海の幸にある。

何しろあの腐りやすいシュライプを新鮮なまま、パンくずをまぶして斬新な調理方法で出すのだ。おまけにあのシュライプの味を引き出す素晴らしきタルタルソース。

それらを食わせる場所は、この異世界食堂しか知らない。

（……そう考えると、この店でなら生の魚すらも美味いのか？）

そこまで考えて、ハインリヒはふと、そのことに気づく。

確かにあれを食べているのは明らかに人間とは違う魔物だが、作っているのは異世界の民ではあるが間違いなく人間であり、素晴らしい料理の腕を誇る店主である。

あの店主の作る料理ということは、少なくとも店主自身はあの料理を金が取れる、立派な料理と考えていることになる。

（いやいや、店主とて、わざわざエルフ用に腐った豆のソースを使った料理を作っているくらいだ。きっと魔物専用なのであろう）

浮かんだ疑問と好奇心を、そう考えて振り払う。

あの、昼時にふらりと店を訪れるエルフの剣士らしき男や、人間の魔術師らしき女と共に訪れる二人のエルフの娘。あの腐った豆などと書かれている料理を平気で、むしろ美味そうに食うのはこの店ではエルフだけだ。

そう結論付け、ちょっとだけ湧いた生の魚への好奇心を振り払った、そのときだった。

「やっほー！　来たよー！」

「ひっさしぶりー！　元気だった？」

チリンチリンと響く鈴の音と共にけたたましく騒ぎながら、新たな客が入ってくる。

ざらざらと砂埃(すなぼこり)がついたマントのフードを取ると現れるのは、日焼けした肌にくりくりの巻き毛と少しとがった耳を持つ二人の子供。

「この前、じいちゃんとばあちゃんから砂漠にも扉があるって聞いたんだ！　だから来た！」

「とりあえずお水ちょうだい！　のどからから～」

（あれは……ハーフリングか）

とてとてと小走りでハインリヒの隣の席に座った二人を見て、ハインリヒはその正体を察する。

子供のような姿をした永遠の放浪の民、ハーフリングである料理人の夫婦、ピッケとパッケは、遠い西の大陸からでもある意味では見慣れた異世界食堂の風景に、目をくりくりさせながら笑い合った。

「いらっしゃいませ。お久しぶりですね。お水とオシボリ、お持ちしました」

ばさりと砂を落としながらマントを脱ぎ去った二人に、アレッタが笑顔で水差しと手ぬぐいを複数持ってくる。

「ありがとー！」

「うんうん。やっぱきれいになると気持ちいいよね！」

がやがやと騒ぎながら一息に水を飲み干してお代わりしつつ、おしぼりで顔や手を綺麗にぬぐっていく。

そして、二人してため息を一つついたあと、早速空っぽのお腹を満たす算段を始めた。

「久しぶりだしたくさん食べようねパッケ！」

「うん！　いっぱい食べたいねピッケ！」

そう言うと二人はくりくりとした目で店内を見渡して、おいしそうな料理を食べる二人の少女に目をつけた。

「うん！　まずはあれ、あれを僕とパッケの分でちょうだい！」

ピッケはぴしりと二人の少女が美味そうに食べている料理を指差し、言う。

「そっかあ！　今こっちはシャケの季節なんだね！　おいしいよね！　シャケ！」

年中暑い砂漠では季節の感覚が失われてしまうが、目ざとい二人は、橙色の魚の肉を見て、今の季節を知った。

秋から冬までの間にネコヤでよく食べられているシャケとかいう異世界の魚。

それは、血の気の多い赤い身の魚とも血の気の少ない白い身の魚とも違う、独特の味を持った魚で、脂がよく乗っていて生で食べても美味なのを、二人は知っていた。

「はい。スモークサーモンのカルパッチョですね。少々お待ちください」

二人の小さな客の注文に応え、厨房へと戻ろうとしたときだった。

「あ～、すまない。アレッタといったか？　そのカルパッチョとやら、私にも頼む」

「はい？　……はい。少々お待ちください」

ハインリヒはついにアレッタを呼びとめ、カルパッチョを注文する。

魔物ならいざ知らず、この店でもさまざまな料理を食べていて舌が肥えているハーフリングすら美味だと言うならば、本当に美味いのかもしれないし、毒ではなかろう。

そう考えたとき、ハインリヒにはもはやためらう理由はなかったのである。


そして、すぐにその料理がハインリヒにも届けられる。


「お待たせしました。スモークサーモンとクリームチーズのカルパッチョです」

そんな言葉とともにことりと置かれたのは、色鮮やかな橙色の魚の肉と薄切りにしたオラニエに純白のチーズの塊が散らされ、白いソースがかけられた一皿であった。

（やはり、生なのか……）

サーモンという魚の肉が、火を通された魚の肉とは違って生であることをうかがわせる透明感を持っていることに、ハインリヒは頼んでよかったのかと少しだけ考えつつ、フォークを手に取り、食べることにする。

「うん！　おいしい！」「やっぱり新鮮な魚なら生に限るよね！　これ燻製だけど！」

隣の席のやかましさを無視しつつ、フォークで魚の肉とチーズを刺して、持ち上げる。

かすかに透き通った橙色の肉に、鮮やかに白い、日持ちはしないであろうチーズ。

そして肉と共に取った、やはり透き通った薄いオラニエ。

緊張からか期待からかごくりとつばを一つ飲んだ後、口に運ぶ。

（……おお、うまい。うまいぞ！）

それを食べた瞬間、ハインリヒは心の中で一つため息をついた。

生まれて初めて食べる生の魚の肉は、火を通した魚とは違う、独特の歯ごたえを持っていた。噛んでも口の中で崩れず、かみ締めるたびにゆっくりとちぎれていく。

そして、そのたびにあふれ出すのは、魚の肉に含まれた油。

それは確かに魚のにおいを持つが、古くなった魚の生臭さはまったくなく、魚の旨みを余すところなく含んで舌にしっかりとなじんでいく。

そしてその旨みを引き立てているのが、新鮮なチーズにオラニエの組み合わせ。

上に掛けられたソースとはまた違うチーズの酸味と、火を通さないオラニエの、鮮烈な辛み。

この二つが油っ気の強い魚の味を引き立てている。

そしてなにより上に線を引くようにかけられた白いソース。これが素晴らしい。

（……しかし、タルタルソースとは、生の魚にも合うものなのだな）

この店に通い続け、エビフライとカキフライを何度も食してきたハインリヒには、その正体はすぐに分かった。

独特の酸味と臭みのない油、それから卵の味。刻んだ卵やハーブこそ入っていないが、これは間違いなくタルタルソースであった。

海の食べ物には欠かせないほどに合う、タルタルソース。それはたとえ、魚に火が通っていないとしても同じなのであった。

「アレッタちゃーん！　悪いけど焼かないパンを持ってきて！」

「すぐにね！　これ挟んで食べるの！」

「アレッタよ。私にも頼むぞ」

隣からやかましく聞こえてくる誘（いざな）うような声に従い、ハインリヒもパンを所望する。

（なるほど）

程なく届いた焼いていないパンと共にカルパッチョを口にして、ハインリヒはその味に納得する。

素晴らしく美味な生の魚の肉は、確かに焼いていない柔らかく甘いパンにも合い、とうにエビフライを食べ終わって空腹ではないハインリヒの舌にもよく馴染み、瞬く間に一皿が空になった。

(やれやれ。異世界とはすごいものだな)

一皿を綺麗に平らげて満腹しながら、ハインリヒは改めてそう思う。生の魚の肉すら美味に仕上げてしまう異世界の料理屋。

きっとまだ食べたことがない料理にも、逸品が隠されているのだろう。

そのことに満足しながらハインリヒはゆっくりと椅子から立ち上がり、勘定をして己の世界へと戻っていくのだった。

第百五話　ハンバーグ再び

商店街にある喫茶店で、山方早希(やまがたさき)は履歴書の最後の確認をしていた。

(――よし、これなら大丈夫、かな)

一通り間違いがないことを確認して、ほっと息を吐いて封筒に履歴書をしまう。

先週……早希が成人式の準備に勤(いそ)しんでいる間に、実家に同居している暦(こよみ)おばあちゃんが話をしてきてくれたらしく、普通の厨房(ちゅうぼう)アルバイトと同じ待遇でいいなら雇ってもいいと言ってくれたとのこと。

一応『休みの日』に面接をやるとは聞いてるが、よっぽどのことがなければ合格にするとも聞いている。

(……初めてのアルバイト、かあ)

二十歳にして初めての経験となるアルバイトに、早希は気合を入れる。学生の本分は勉強、アルバイトにうつつを抜かして学業をおろそかにするなど言語道断と言い切る父との、前々からの約束であった。

二年生までの講義で必修科目以外の必要単位を全て修得して、自分で自分のやったことに責任を取れるように成人した後なら、父の目が届く叔父の経営している料理屋でアルバイトをしてもよい、と。

（うん。大丈夫だよね。叔父さんのお店、結構評判いいみたいだし）

早希とて大学生である。

友達にはアルバイトをしている子が男女を問わずいくらでもいるし、高校時代に、この叔父の料理屋で働いていたという地元出身の友達もいた。

その友達曰く『時給はちょっと安いけど、賄いが美味しいお店。あと上のケーキ屋が社員割引きで安く買えてお得』とのことだった。

結構古い店なので、年頃の娘が友達と遊びに行ったり、デートで行くような店ではないが、味は良いらしい。まさに早希が『修業』を積むにはよい店に思えた。

（やっぱり料理人になるんなら料理屋で働かないとね）

決意も新たにコーラを飲みほして立ち上がる。

早希の夢は料理人になって、いずれ自分の店を持つことである。子供の頃から料理が好きで、共働きで帰りが遅い両親の代わりに、小学校中学年の頃には料理を作るようになった。

作ったことのない料理を試作するのも好きだったし、作ったことがある料理を、どうすればもっと美味しくできるかを工夫するのも好きだった早希は、探求心と努力によってすぐに料理の腕を上げた。

料理が全くできない曾祖母（そうそぼ）が新たに家族の一員として共に暮らすようになった中学生の頃には、小遣いとは別に食費を貰（もら）い、食材の買い出しからやるようにもなったし、高校生の頃には、両親にも自分の分のついでに作った『愛娘弁当』を渡すようになった。

そんな早希にとって、料理屋で働くのは、将来の夢につながる大事なステップである。

だからこそ、父を拝み倒し、それなりに大変な思いをして交換条件を片づけて早希はアルバイトにこぎ着けたのだ。

「よし、行こう」

叔父さんのお店の定休日である『土曜日』の昼前、早希は決意を込めて一言呟（つぶや）くと、目的のビルに歩いていく。

商店街の喫茶店から徒歩三分のところにある、羽の生えた犬の看板が目印のビルの地下一階にその店はある。


『洋食のねこや』


そここそが、これから早希が足を踏み入れようとしている場所であった。

「ここが叔父さんのお店かあ……暦おばあちゃんが言ってた通りだね」

暦おばあちゃんから何度も何度も聞いた話の通りの外観に、思わず感嘆する。

ネコの絵が描かれた黒い扉のすぐそばに『本日定休日』と書かれた看板が立っているが、扉の向こう側からは人の気配を感じるから、叔父(おじ)さんもちゃんといるはずだ。

「確か、この鍵でいいんだよね」

成人式の時、早希に会いに来た暦おばあちゃんから渡された鍵を取り出す。ねこやの正面の扉の合鍵で、これを使えば定休日でも入れると言っていた。

(そういえば早希なら多分大丈夫だからって言ってたけど、何が大丈夫なんだろう?)

そんなことを考えながら、そっと鍵を開ける。カチャリと音を立てて、閉じられていた扉が開いた。

「すいませーん。お邪魔しま」

そんな言葉を掛けつつ、チリンチリンと鈴の音が響く扉を通った早希は、思わず固まった。

(……え? 今日、定休日だよね?)

明るい店内と、さまざまな料理の匂い、それからお客でそれなりに賑(にぎ)わっている様子。

どう見ても営業中である店内を思わず見渡して、気づく。

(あれ? なんかみんなファンタジーっぽい格好してる?)

今店にいる客を見てみれば、剣を佩(は)いている者、キラキラのドレスを着ている者、アラビアンナイトにでも出てきそうな格好の者など、全員が普段は見かけない格好をしていた。おまけに大半が、明らかに日本人じゃない顔立ちであった。

（……コスプレパーティーかなんかでお店貸してるとかかな？）

目の前の様子に、一応自分なりに結論を出したそのときだった。

「あの、いらっしゃいませ。ようこそ。ヨーショクのネコヤへ」

近くから声を掛けられ、振り向く。そこに立っていたのは、高校生くらいの少女だった。

明らかに日本人じゃない顔立ちで、染めているわけでもなさそうな金髪を、髪ゴムでくくっている。

耳の上あたりには黒い、まるで角か何かのような変わったデザインの髪飾りを着けているが、不思議と似合っているように見える。

猫のアップリケがあしらわれたエプロン付きの、ウェイトレスの制服らしき服を着ていることから察するに、この店の従業員であろう。

もしかしたら、どっかの大学の留学生なのだろうか。

「あ、どうも。日本語お上手ですね……っていってもお客じゃないんですよ私」

「え？」

とりあえず店の関係者には間違いなさそうだと判断し、早希は不思議そうな顔をしているその少女に事情を説明することにする。

「えっと、定休日に面接するって聞いてたんですけど叔父さん……このお店の店主さんはいらっしゃいますか？」

「えっと……少々お待ちください」

早希の言葉に首を傾げながらも、従業員らしい少女は早希の言葉を伝えに奥の厨房へと向かう。

（あ、よかった。ちゃんと叔父さんいたんだ）

それからすぐ、正月などに挨拶に来るのと同じ顔をした叔父さんが出てくるのを見て、ちょっとほっとする。

「早希ちゃん!?　ばあちゃんなんも言ってなかったのか!?」

「えっと……？」

叔父さんから聞かれ、困惑する。どうやら叔父さんは、暦おばあちゃんが早希に何か伝えてると思ったらしい。

もしかして、今日のこの店内の様子が何か関係あるんだろうか？

「まあ、なんだ。とりあえず詳しい事情は後で説明するが、今ちょっと立て込んでるんだ。もう少ししたら時間作るから、待っててくれ。

ついでになんか食べていってくれよ。おごるからさ。うちは割と何でもあるから、何でもいいぜ」

そんなことを考えていると叔父さんに席に案内されて、水とおしぼりを出されつつ、そんな提案をされる。

「え？　いいの？」

「おう。メシ屋でただ待ってろってのもな」

叔父さんの言葉に早希は思わず聞き返すと、叔父さんが頷く。

「……分かりました。じゃあ」

叔父さんにそう言われて、早希は考える。

確かに今ならちょっと早いお昼時で、何かを食べるにはちょうどいいだろう。考えてみれば早希は叔父さんの料理の腕前はよく知らない。

暦おばあちゃんによれば『ダイキと同じくらい』の腕前らしいのだが、そのひいおじいちゃんのことも早希はよく知らないのである。

(どうせなら叔父さんの腕前が分かるようなものがいいよね。だったら……)

ちょっと考え、早希は頼むものを決める。

「ハンバーグをお願いします。ご飯も」

洋食の定番。ついでに結構腕の差が出る料理でもある。

「分かった。ソースはどうする？」

どうやらこの店ではソースもある程度選べるらしい。

「えっと……和風おろしってできます？」

早希はとっさに好物のソースを答える。

「ああ、紫蘇入れても大丈夫か？」

「はい。お願いします」

「はい。ご注文承りました。少々お待ちください」

注文に対してちょっと気取った言葉で答え、叔父さんは厨房へと戻っていく。

「それでは、ごゆっくりどうぞ。えっと、お客様」

それを見届けたあと、ウェイトレスらしい少女もぺこりと頭を下げてパタパタと他の客の注文を取りに行ってしまう。

（それにしても、変わったお客さんが多いな、ここ）

二人がいなくなったことで余裕ができた早希は、改めて店内を見渡す。

古いけど、掃除はしっかりしているらしく、落ち着いた雰囲気の店内に集う客は、早希の目には奇妙に見える。

（話してるのは日本語なのに、日本人っぽくない人ばっかだし、それにどういうところで買うんだろうあの服）

ある者は一心不乱に料理を食べ、またある者は顔なじみらしい他の客と料理をつつきながら話をしている。

それ自体は料理屋であるここでは珍しくもないのだろうが、日本人離れした顔立ちと服装の客が、日本語で会話していると、なんとも不思議に見える。

（暦おばあちゃんは『ちょっと変わってるけど、いい店だから大丈夫』って言ってたけど……）

一体どういう店なのか、先ほどウェイトレスが運んできたレモン水を飲みながらちょっと不安に思っていると、頼んだ料理が来る。

「お待たせしました。和風おろしハンバーグです」

じゅうじゅうと鉄板の上で焼ける香ばしい肉の香りが漂い、早希の胃袋を直撃する。

肉の上には刻んだ紫蘇の葉を散らした、ポン酢が混ざった大根おろしのソースが掛けられ、それがまだ熱い鉄板に落ちてじゅうじゅうと食欲をそそる音を立てる。

付け合せは、フライドポテトにさやいんげんのソテーと、キャロットグラッセという定番。すぐ近くに置かれたライスと味噌汁が、湯気を立てて早希の食欲をさらに刺激した。

「それじゃあ、ごゆっくり……オムレツ焼き終わったら時間作れると思うから、ちょっと待っててくれ」

そう一言告げると、叔父さんはまた厨房に戻ってしまう。

（オムレツ？　……まあいっか）

店には店の事情があるのだろう。そう割り切って、早希は早速とばかりに手を合わせて言う。

「いただきます」

友達は変だと笑うが、なんとなくこれをしないと落ち着かないので、ちゃんと口に出してから、箸を伸ばす。

作ってもらった料理は美味しいときに食べてやらなきゃならない。

それが、忙しい両親に代わって色々と世話を焼いてくれた、暦おばあちゃんの教えである。

実際、料理だけは若い頃からからっきしだった暦おばあちゃんは、早希の作る料理はたとえ失敗作でもちゃんと食べてくれた。

……その後、きっちりダメだしをしてくるのも、料理の腕を上げるのには役立った。それに食べるのは大好きだった、作るのと同じくらいに。下手の横好きだったけど。

「あ、柔らかい……」

まずは、ソースがかかっていないところだ。そう思いつつ、早希は箸をそっとハンバーグに差す。

だから塗り箸がスッと分厚いハンバーグに沈み込む感触に、早希は期待する。ハンバー

グは柔らかかった。生焼けのミンチの粘りつくような柔らかさではなく、ちゃんと火を通した柔らかさだった。

（……うん。ちゃんと火も通ってる）

　箸(はし)で一口分割って、肉汁が溢(あふ)れた断面がしっかりと灰色に染まっているのを見て、納得しつつ、口に運ぶ。

（……あ、おいし）

　豚肉、牛肉、塩・コショウ。おそらくはごく一般的な材料で作られたのであろうハンバーグは美味だった。シンプルに肉と肉汁の味が感じられ、やや粗挽(あらび)き気味で肉の食感を残している。

　目新しさはないけど、丁寧な仕事。その味に早希は好感を覚える。

（うん。ご飯もおみおつけもちゃんとしてる）

　その肉の余韻(よいん)が残っているうちにご飯と味噌汁を一口食べて納得する。炊きたてとはいかないのは店の宿命というやつだが、食べたご飯はふっくらとしている。

　ご飯粒が潰れていたりすることもなく、べっとりもしていない。味噌汁もまた、ちゃんと鰹節(かつおぶし)と昆布(こんぶ)で出汁(だし)を取っていることを感じさせ、具が煮込まれすぎているということもなかった。

（真面目な仕事だね、うん）

自分で料理をするし、大学に入ってからは生活費の一部を使って食べ歩きをしてもいた早希は、『洋食のねこや』を気に入った。

お客として来ていたら気に入って、時々食べに来るくらいには美味しいお店だった。

（さてと、次は……）

ここなら他の料理も美味しそうだし、今度お客さんとして食べに来ようか。そんなことを考えつつ、今度は一口サイズに切ったハンバーグにソースをたっぷりつけて食べる。

水気を切った大根おろしは噛み締めれば微かな辛みと苦みを帯びていて、すっきりとした酸味と醤油の塩気があるポン酢を引き立てる。

旨みが強いのはおそらく、出汁も少し混ぜているのだろう。それと、口の中でほんのりと漂う紫蘇の爽やかな風味で、肉厚なハンバーグがすっきりと口へと入ってくる。

（うん。これはご飯と一緒に食べるべきだね）

肉を箸で割ってご飯を食べ、味噌汁を飲んでまたハンバーグへと戻る。ここで働こうと思っていたことやこの店の奇妙な客のことをこの時だけは忘れ、早希は一人の客となって目の前の料理を楽しむ。

「すいません。ここ、ご飯のお代わりってできますか？」

「はい。大丈夫ですよ。ここはライスとパンとスープはお代わり自由です。よろしければそちらのスープも一緒にお代わりいかがですか」

「はい。お願いします」

ウェイトレスに頷(うなず)いて笑顔で皿を返し、早希は思う。

——うん。ここがいい。叔父(おじ)さんの店だとか、そういうの置いといて、働くならこういう店がいい。

やがて来たご飯のお代わりと味噌汁で、残ったハンバーグを堪能しながら早希は密(ひそ)かに決意する。自分の腕を磨く料理屋は、ここにしようと。

……その後、お昼時に『オムライス』を目当てにやって来たある客を見て、ここがどういう場所なのかを知った日のことであった。

第百六話　大学いも

　西大陸の深い深い森の奥で、肌に焼けるような痛みを感じたセレナは、久方ぶりに目を開いた。

（ふむ……何かあったか）

　骨まで焼けそうなほどの熱さと痛みを感じて、火傷（やけど）どころか染み一つない白い腕を撫（な）でつつ、立ち上がる。

　森と一体化し、森の生命力を分け与えられることで己（おのれ）の命を永らえさせる術の使い手であるセレナにとって、この森は命そのものである。

　この森がある限り、セレナには寿命による死は訪れない。だが、この森がなくなってしまえばたちどころに命を紡ぐことができなくなる。

　それ故にセレナは森に多くの樹人形（ウッドゴーレム）を放ち、手入れをさせることで森が枯れ果てて死ぬことがないよう、保全に努めてきた。

　老いて死にかけた木を切り倒し、代わりに若木を植える。空に輝く太陽の光が届かぬほど生い茂った葉は打ち落とし、命を紡ぐ暖かな光が地面に咲いた花まで届くようにしてやる。晴天続きでしおれかけた花に水を撒き、芽を出しすぎて共倒れになりそうな草は適度に抜いて健全なものが残るようにしてやる。

セレナと同じく、この森にある限りは魔力という命が尽きることもなく、永遠に続く森の世話に不満一つ漏らすこともない樹人形たちはただ黙々と、森を生き永らえさせる仕事を続けている。

だが、その樹人形の手に負えぬ事態……嵐が来たとか、火事になったとか、竜や魔獣の類がやってきて森を荒らしているときなどには、セレナは森の被害を痛みとして感じ取って瞑想をやめ、自ら対処する。森から得た魔力を古く強力な魔法へと変え、その魔法でもって森を守るのである。

セレナが森の中心から離れ、問題の箇所に駆けつけたとき、森は炎で赤く染まっていた。

「これは……山火事じゃな」

文字通りの意味で身体を焼かれる痛みを受けながら、セレナは冷静に何が起こっているのかを察した。恐らくは落雷か何かで火が付いたのが燃え広がっているのだろう。

赤々と燃える炎は木々や草花に燃え移り、焼き焦がしていく。

（この規模だと放っておけば半分は焼け落ちる、か）

セレナがこの森で暮らし始めてからの三千年でも、およそ五、六回程度しかないほどの規模の火事。見れば、火を消そうと泉から水を汲んできては撒いている樹人形たちも、一部焼け焦げている。

「さて、さっさと終わらせるとするか」

だが裏を返せば、今までそれだけの数防いできた程度のものでしかない。セレナは火を消すことにする。

（……なるほど、そういえばここしばらく雨は降っていなかったの）

まずは近隣の雨雲を呼び寄せようとして、この辺りに雨雲がないことに気づく。

「まあよいわ。こういう時は……」

だが、それでもセレナは焦らず、対処する魔法を完成させる。一瞬、空気が凍りつき、勢いよく燃えていた炎がたやすく勢いを減じていく。

（うむ、これで問題なかろ）

地上に漂う空気の流れを変えて特定の場所からのみ空気を奪い去り、生きるために呼吸を必要とするものを抹殺する、広域魔法。

本来は力は強いが魔力の弱い巨人や、南大陸に住まう覇王の多数の眷属のうち、竜へと変じる魔法を持たぬ者どもを単独で殲滅するために編み出した術だが、どうやら空気というものは炎が燃えるのにも必要なものらしく、こうして問答無用で火を消し去るのにも使うことができる、と気づいたのはこの森に住んで何年目だったか。

　そんなことをつらつらと考えながら、防御の魔法により、炎の中心にあっても焼け焦げることも己（おのれ）の魔法で窒息することもなく、確実に山火事を消していく。やがてセレナは燃え広がっていた山火事の中心までたどり着き、全ての火を消し終える。

　全ての炎が消え去ったあとに残った黒く焦げて炭になった大木を見て、少し寂しさを覚える。

（これでまた一つ『長老』が減ったか）

　三千年という長いあいだ、丁寧に世話をしてきた森の木々は、千年の時を刻んだものすら珍しい程度には、若い。寿命を終え、枯れ果てた木は樹人形（ウッドゴーレム）の手で全て切り倒され、次の若木たちを育てる礎（いしずえ）や新たな樹人形の材料にしている。

　それ故にセレナが住み着いた三千年前から生き残っている木々は、もう数える程度しかない。その一本がまた、こうして火事により燃え尽きたのである。

（まあ、気にしてもしょうがないがな……うん？）

　そんな気持ちを振り払い、セレナはまた、森の中心であり森一番の巨木でもある、万の年月を生きた己の住処（すみか）へと戻ろうとして、気づく。黒々とした、燃えた木々のすぐ近くに、別の黒があることを。

　燃えたのとはまた違う、猫の絵が描かれた艶やかな黒。

「なるほど、今日はドヨウの日であったか」

おそらくは、木々が燃えて魔力の流れが変わったせいだろう。セレナはこの森に現れた、二つ目の扉に手を掛ける。

(確か、オシルコスープはないのだったな)

あの豆のスープの温かな甘い味を思い出し、セレナは少し残念な気持ちになる。まだ年が変わるまでは一カ月ほどある。あれは年が変わる時期にしか出さぬと聞いたことがあるので、置いてはいないだろう。

(まあよい、なんぞあるだろう。最近妙なものを置くようになっておったし)

そんなことを考えながら、扉を開く。

チリンチリンと鈴の音が鳴り響くのを聞きながら、セレナは扉を抜け、異世界の料理屋を訪れた。

チリンチリンと響いた鈴の音に、なにげなくそちらを見たファルダニアは思わず息を呑んだ。

(なにあれ……えっと、エルフ、よね？)

鈴の音と共に音も立てずに現れたのは、ゴーストのようにひっそりとしたエルフの女であった。磨かれた黒曜石のような艶やかなストレートの黒髪と、雪のように白い肌。西大陸ふうの、汚れ一つない装束を纏い、すらりと長い耳を持つ女。

「わあ。きれいだね～」

ファルダニアにつられるようにエルフの女を見たアリスが、素直に感想を漏らす。まだ、ファルダニアからほんの少し魔法を習っただけのアリスは、気づかない。

(物凄い魔力……)

ファルダニアが驚いたのは、その魔力の強さであった。端的に言って、いくら魔力が強いエルフという中にあっても人外の領域だ。

下手をするとファルダニアがまだ出会ったことがない最強の魔物、ドラゴンをも凌駕する。

おまけに年齢が読み取れない。魔力が膨大すぎると同時に、練り込まれすぎていて、魔力で大まかな年齢を見通せるファルダニアの目をもってすら、見極められないのだ。

(この店、変な人が多いのは知ってたけど……)

きっかけは、最近知り合った人間の魔術師から、留守を頼まれたことだった。

なんでも、この時期の海の底でしか取れない薬の材料があるとかで一カ月ほど家を空けるので、その間、家を預かってほしい。ちゃんと掃除して、たまにくる客の相手をしてくれれば家を好きに使って構わないと言われたのだ。

その言葉は、ファルダニアにとっても嬉しい提案だった。まだ若干三十歳の幼子であるアリスを連れての長旅は、なかなか大変なものとなる。

ちょうど海の幸については研究したいこともあったのでファルダニアは了承し、ファルダニアとアリスは岬の家で少しゆっくりとすることにした。

そして、アリスと二人で暮らしていると七日に一度はアリスが行きたがるので、仕方なく異世界食堂を訪れるようになっていた。

「そこな娘。なんぞ儂に用かの？」

予期せぬエルフの客に驚いて、じっと見ていたのを悟られたのだろう。黒髪のエルフがファルダニアとアリスに視線を向けてくる。

「い、いえ何も……」

その、強い雰囲気に呑まれて萎縮したファルダニアは、首をすくめて目をそらす。

「ふむ、そうか」

一方のエルフ……セレナもまた、ファルダニアの答えを聞くと視線を外し、適当な席に腰を下ろす。

「いらっしゃい。珍しいですね……申し訳ないんですが、今日はお汁粉はやってないんですが」

席に腰を下ろしたセレナに、少し申し訳なさそうに言ってきたのは、前に来た時に出迎えた魔族の娘ではなく、店主であった。

「うむ、オシルコがないのは残念だが、そこは言うても仕方あるまい」

セレナとてそのことは理解している。ここ最近とんと姿を見かけぬ先代の店主に、あれは年に一度、年明け最初のドヨウの日にしか作らないと説明を受けたのは、たったの三十年前だ。

そして、今日がまだ年明けには大分早い時期であることは、承知している。

「代わりと言ってはなんだが、なんぞ甘いものでもあるかの。できれば温かいものがよいのだが」

だが、同時にセレナは信じてもいた。来るたびに客が変わり、さまざまな料理を出すこの店には、必ずセレナが好む料理があると。

「そうですね……」

その言葉に店主は少し出す料理を考える。

温かい、甘いもの。それだけならホットケーキでも出すところだが、もう一つ大事なことがある。

目の前のお客は、どうもエルフと呼ばれる種族らしい。エルフというのは宗教的なものなのかアレルギー的なものなのか理由は分からないが、動物性の食材を極端に嫌う。

　そうなると、エルフに出す料理というものは植物性の材料のみで作ったものでなければならないのである。

「そうだ」

　果たしてそんな料理があっただろうかとしばらく考えて、店主はその料理に思い当たる。

　先代の頃出していたもので、今はメニューに載っていないものだが、あれならば自分でも美味しく作れる自信はある。

「それなら、大学いもはどうでしょう？　出すまで少し時間がかかりますが、それでよければ」

「ではそれを」

　店主の確認に、セレナは頷（うなず）いて注文する。ダイガクイモなる料理がどんなものかは知らないが、こと料理に関してはセレナよりも知識と技術を持つ店主である。

　甘く、温かく、そして獣の臭いが混じらぬ料理を出すことだろう。

「……さて、どんなものが出てくるのかの」

　先ほどのエルフの小娘からじっと見られているのを感じながらも、セレナは食欲と好奇心を燻（くゆ）らせながら、じっと待つ。

元より一年の大半を思考と瞑想(めいそう)に費やすセレナにとって、待つことは決して苦とはならなかった。

そして、しばらくして料理が運ばれてくる。

「お待たせしました。ダイガクイモです」

ことりと軽やかな音を立てて、セレナにその料理が供される。

「ほう。これは……なるほど。ダイガクイモとはクマーラのことか」

黒い粒が散らされた艶やかな橙色(だいだいいろ)の衣を纏(まと)った、黄色い実と紫の皮を見て、セレナは懐かしそうに目を細める。

その料理のメインとなるそれは東にも西にもなく、ただあの恐ろしい覇王に仕える魔竜の眷属(けんぞく)たちが南の大陸で食していた野菜によく似ていた。

(思えばあの頃はまだ若かった……)

その一皿に、常人の何十倍を越える時を生き続けているセレナにとっても遠い記憶が、蘇(よみがえ)る。

まだ、セレナが都で探求に明け暮れていた頃、セレナは南の大陸に渡ったことがあった。

あの当時、己の求める不老不死の魔法を完成させるために、文字通りの意味で不老不死であった覇王とその眷属たる竜を研究するためである。

当時すでにエルフの中にあってなお魔法の天才と称賛されていたセレナですら、何度か命を落としかけるほど危険な旅であったが、あそこで己や同じく探求に身を捧げた同輩たちは多くの新たな発見を成して、さらなる探求を進めたものだ。

（確かアルトルーデの奴が好きだったのう……）

クマーラが好物であったエルフの同輩は、南の大陸の植物を大量に持ち帰り、魔法で南大陸と同じ環境を再現した施設で、確かこれも育てていた。

特に自分が持ち帰ったクマーラは焼くと果物とは違う甘さがあってうまいのだと、笑っていたのを覚えている。

（やれやれ、時はめぐる、か）

そのアルトルーデもとうの昔に寿命で死んだ。

セレナとしてはあのくだらない魔霊に堕ちなかっただけマシだとも思うが、それでも顔見知りの死を随分と悲しく思ったものだ。

（……さて、そろそろ食うとするかの）

ひとしきり懐かしんだが、これは食べ物だ。食わねばもったいない。セレナは箸を手に取り、そっとそれをつまみ上げる。

とろりとした茶色い蜜が皿の上に滴り落ちる。まだ温かいクマーラは香ばしく甘い香りを漂わせていて、空っぽのセレナの胃袋を刺激する。

(これは眺めているだけでも毒じゃな)

そう思い、セレナはちょうど一口で食べられる大きさに切り分けられたダイガクイモを口へと放り込む。

(ほう……これは甘いだけではないのか)

舌の上で転がしてその味と香りを堪能する。甘い砂糖の味と、香ばしい黒い種の風味。その中にセレナは違うものが含まれているのを感じ取る。

塩気と、少しだけ親しみを感じる風味を持つそれは、おそらく元々は甘くないのであろう。

その風味が、このダイガクイモがまとっている甘さを引き締めていた。

(うむ、噛みごたえも良いし……なるほど、クマーラじゃな)

一通り口の中で転がしてから噛み潰すと、心地よい歯ごたえが返ってくる。

その歯ごたえは、とろりとした蜜が固まったものと、水気を失って硬くなりかすかに香ばしい風味を持ったクマーラの表面が、生み出しているようだ。

そして、その歯ごたえの先にあるのは、ほんのりと甘くて口の中で柔らかに崩れていくクマーラ。

　ほろほろと崩れていく淡い甘味みのクマーラが口の中に残った甘い蜜と混ざり合い、また別の味になる。

　甘くて塩気と香ばしさを持つ蜜と、ホロホロと崩れる淡い甘みのクマーラ。そしてそれが合わさる瞬間に、ダイガクイモは完成する。

「……うまい」

　その一言に万感の思いを込めて、呟（つぶや）く。

　オシルコも美味だが、このダイガクイモも負けず劣らず、美味い。

（こりゃあ、年明けが楽しみだわい）

　今度来るときは、オシルコと一緒にこちらも頼もう。

「ちょっといい？　あれ、ダイガクイモっていうの、私も注文したいんだけど……」

「おいしそう。わたしもあれ、たべたい」

　隣の席のエルフの小娘たちが何やら騒いでいるのを聞き流しながら、セレナは一人静かにダイガクイモを味わうのであった。

第百七話　ホイル焼き

『洋食のねこや』が『異世界食堂』へと変わるその土曜日は、「肉の日」でもあった。

「さてと、今日は何にするか」

グツグツと煮えているとん汁の良い匂いを嗅ぎながら、店主は毎回の悩みどころであるそれを考える。

今日の、肉の日の日替わり定食を何にするかという、大事な問題を。

その日のお勧め料理を普通より安く提供するその定食は、当然のことながらスープ類との調和を考えなくてはならない。

つまりは、肉の日においての主役である『とん汁』と相性が良い料理を選ばねばならない。

（やっぱ肉に肉を合わせるとちいと重いよなあ。つっても向こうの客は洋食寄りの料理が好きな客が多いから……）

しばし考えて、店主は今日の日替わりの料理を決定する。

（よし、ホイル焼きにするか）

ちょうど今の時期なら鮭が美味い。そんなことを考えながら、いそいそと店主は仕込みと開店前の準備を始めるのであった。


太陽が沈みだす、夕刻。

東大陸でも北方に位置する小さな国の、さらに辺境と言われる場所に居を構える木こりの妻であるエレンは、予期していなかった客に困り果てていた。

「……それで、どうするんだい、あんた」

エレンは、暖炉の前で炎に当たっている『お客様』をちらりと見て、夫のヘルマンへと問う。

「おう、どうしよう？」

一方のヘルマンもまた、困っていた。

「ここは本当に人間の住む場所なのか？　物置ではないのか？」

「そ、そんなことないもん！　うちはふつーだもん！」

「そうだそうだ！　変なことというとゆるさないぞ！」

窓を閉ざしてもすきま風の入ってくる小屋の寒さに、高そうな衣服を着て腰には立派な短剣を佩いた年だけはカイと同じくらいに見える少年と、あまり身分の差というものに詳しくないカイやボナが子供らしい喧嘩をしているのは、エレンにとってはなかなかに心臓に悪い光景であった。

「本当に、どうすりゃいいんだ？」

「さあ……多分探しているお供の人とかいるんだろうし、ちょっと預かっといてやりゃあいいとは思うけど……」

ヘルマンの仕事場である森で、木にもたれかかって休んでいる子供を見つけたのは、昼前のことである。

クラウゼと名乗ったその子供は、察するにヘルマンが薪を売りに出る街に住んでいる、裕福で身分の高い者の子供であろう。

つまり、しがない木こりの一家であるヘルマンたちとはまるで縁のない子供である。

そんな子供をまさか一人で森に置いておくわけにもいかず、ヘルマンはクラウゼをひとまず家へ連れ帰ったのだった。

「……おい、ヘルマン。僕はお腹が空いたぞ。食事を用意せよ」

とりあえずカイとボナに相手をさせていたクラウゼがふと思い出したように言った言葉に、ヘルマンとエレンは顔を見合わせた。

（どうすんのさ⁉　多分うちで普段出してるようなもんじゃ、何言われるか分かったもんじゃないよ⁉）

（そ、そりゃあそうだが、まさか今から街まで何か買い出しってわけにもいかねえだ

ろ⁉）

　ボソボソと小声で言葉を交わし合う。クラウゼがどこの子供なのかは分からないが、間違いなくヘルマンたちより遥かに良い暮らしをしているだろう。

　当然、食事も毎回卵が出るとか、ヘルマンたちには考えられないくらい良い食事をしているに違いない。

　とてもじゃないが、ヘルマンたちが食べている歯が欠けそうなほど硬いパンだの燻製肉の欠片が入った塩水とでも言うべきスープで満足するとは思えなかった。

「食事ぃ～？　もうすぐ冬だし、どうせうちにはロクなもんないぞ？」

　そんな親の内心など知らぬように、カイが言葉を口にする。

「そうなのか？」

「うん。もうおとうさんのおのもぼろぼろだから、せつやく？　してかいかえないとダメなんだって！」

　驚いた顔で聞き返すクラウゼに、ボナが家庭の事情をさらに明かす。

（ちょいと！　余計なこと言うんじゃないよ！）

　二人の無邪気な言葉に、エレンが顔を真っ赤にしてうつむく。今はともかく、後でみっちり叱ってやらないと……そう考えていたエレンに、救いの言葉が届く。

「そうそう。だから最近は『ネコヤ』にもぜんぜん行ってない」

「ねー！　きょうもとびらがあるのに、いっちゃダメなんだよ？」

二人の言葉に、エレンは夫と顔を見合わせる。

「ネコヤ？　なんだそれは」

一方で、聞きなれぬ言葉に思わず質問するクラウゼに、ヘルマンとエレンは口々に答える。

「ネコヤとは、遠い場所にある食事を出す店でございます。クラウゼ様」

「実はその、なんでかうちの納屋にそこに行ける扉がありまして……そうだ、せっかくクラウゼ様がいるのですから、今日の食事はそこで食いましょう！　ほら、お前、いいだろう？」

「そうね！　そうしましょう！」

白々しく言葉を交わし合い、ヘルマンとエレンは痛い出費を覚悟しつつ、今日の遅い昼飯を異世界食堂で取ることにする。

あの店なら、目の前のクラウゼ以上に育ちが良さそうな、明らかに貴族であろうお客も来るし、豪華な食材を平気で使った料理を出してくる。

少なくともエレンたちのいつもの食事よりは、クラウゼにも満足してもらえるはずだ。

「分かった。では案内せよ」

「はい！　……申し訳ありませんが、このボロ服で行くような場所ではございませんので、少しだけ、待っててもらえますか」

「よかろう。早くせよ」

クラウゼの言葉に二人は大きく頷(うなず)き、ヘルマンとエレンは急いで晴れ着に着替えて、次に子供たちを着替えさせる。

「え⁉　今日はネコヤ行くのか⁉」

「いいの⁉　やったー！」

子供たちも両親の決定に大きく喜んで、エレンが着替えさせるのに従う。

「いいかいアンタら。今日はくれぐれも騒がないでおくれよ」

そんな二人にエレンは必死に言い含めながらも、手早く着替えさせ、クラウゼを伴って納屋へと向かうのだった。


次の王をどちらとするか、兄たちの戦いに巻き込まれぬように辺境の小国の中でもさらに田舎にまで落ち延びてきた第三王子クラウゼは、チリンチリンと鳴り響く鈴の音を聞きながら、驚いて目を見開いた。

(なんと⁉　斯様(かよう)な場所が本当にあるとは……)

平民の、それもあまり裕福とは言えそうにない一家の案内で、場違いな黒い扉を開いた先には、不思議な場所が広がっていた。窓一つないにもかかわらず、寒さを防ぐために窓を閉ざしていて薄暗かった小屋より遥かに明るく、暖かな部屋。

そこには複数の卓と椅子が並べられ、それぞれの卓で客が寛いでいた。

(あれは、リザードマンとラミア、あれは帝国の、おそらくは高位の貴族、あれは光の神の高司祭、あちらはエルフ……一体なんなのだここは?)

辺境の小国で生まれ育ったとはいえ、この世界のことは家庭教師や本に教えられて多少は知っているクラウゼは、この店の客に驚いていた。

「ささ、こちらでございますクラウゼ様」

「うむ」

目の前の平民たちに促され、クラウゼは行儀よく空いた席の一つに座る。

それからすぐに平民たちも一緒の卓についたのには少しだけ驚くが、こちらは助けられた身であることを幼いながらも理解しているクラウゼは、とりあえず何も言わないことにした。

「いらっしゃいませ。ヨーショクのネコヤへようこそ! ご注文、お伺いします」

(なんと、給仕は魔族か! 帝国では珍しくないとは聞くが……)

高価なものであることを窺わせる硝子の杯に氷を入れた冷たい水を運んできて、注文を取るのが角を生やした魔族であることに内心驚きつつも平静を保ち、不安げに自分を見つめる平民の夫婦に鷹揚に頷いてみせる。

「……まかせる。僕はここにどのような料理があるか知らぬ。お前たちが決めよ」

「……日替わり定食五つでお願いします」

　クラウゼに言われて、エレンはすぐに注文を出した。一番安い日替わり定食だが、この店の料理は一番安いのでも十分に美味しいので、多分大丈夫だろう。

「はい。日替わりですね。今日はシャケというお魚のホイルヤキですが、いいですか？　それと、本日はおにくの日になっていますが、スープはどうしましょう？」

　給仕の言葉を聞いて、平民の一家が一瞬顔に喜びを浮かべるのを見て、クラウゼは何か良いことでもあったのかと考える。

「もちろん全員トンジルでお願いします。それとパンを」

「すぐにな。すぐに頼む！」

　キャッキャと喜んでいる子供たちと、笑顔で給仕に言葉を返す夫婦に、何か特別なことがあったのだろうと察する。

「はい。では少々お待ちください」

　二人の言葉に給仕の娘は頷き、奥にあるだろう厨房(ちゅうぼう)へと歩いていく。

「……して、トンジルとやらはどのような料理なのだ？」

　その様子に興味を覚えたクラウゼが問うと、子供たちが答える。

「ここでもたまにしか出ないすごいスープだよ。肉とか野菜とか、たくさん入ってる」

「いくらたべてもいいの！　いつもたくさんたべているんだよ！」

二人は笑顔でその言葉を紡ぐ。

「そうか。では期待しておくとしよう。それで、ホイルヤキとはどのような料理なのだ？」

その言葉に、一応だがクラウゼも期待して待つことにした。

「……分かんない」

「日替わりだから、多分食べたことないやつだ」

「……そうか」

……一抹の不安を覚えてもいたのだが。


そんなクラウゼの内心を知ってか知らずか、給仕の娘が料理を運んでくる。

「お待たせしました。本日の日替わりのホイルヤキと、パン、それからトンジルをお持ちしました」

給仕の娘が手早くクラウゼたちの前に料理を並べていく。脂の乗った豚の肉と無数の野菜がごろごろと加えられ、腹を直撃する茶色いスープ。

焼きたてらしく、天井から降り注ぐ光を艶々と反射する茶色いパン。そして、目の前の純白の皿に盛りつけられた、切り分けられた黄色い果実と銀色の塊（かたまり）。

「ホイルヤキのこの銀色のものは食べられないので、こうして剥（は）いで食べてくださいね」

クラウゼが不思議に思っていると、目の前で給仕の娘が銀色の塊を剥いでいく。どうやらこの銀色のものは薄い紙のようなものらしく、簡単に開くことができるようだ。

「あと、このホイルヤキにはレモンの汁とショーユが合うとマスターが言っていましたのでよろしければお試しください。それでは、ごゆっくりどうぞ」

銀色の包みを開いた瞬間、ホイルヤキから香ばしいバターの香りが漂ってきて、クラウゼは思わずゴクリと唾を飲んだ
開かれた包みの中身は、細く切られて底に敷かれたオラニエやカリュート。その上に載せられた茸（きのこ）に彩られた魚の切り身。ピンク色の身と銀色の皮を持つ魚は、クラウゼも見たことがないものだった。

（これはもしや、海の魚なのか……？　こんな辺境にあるものなのか？）

見慣れた川の魚とは異なる色合いの魚に、クラウゼは内心驚く。海が遠いこの国では海の魚は高級品である。

特に身が赤い魚は脂が乗っている分腐りやすく、運ぶのに魔法が必要となるため、王宮ですら滅多に食べられない代物（しろもの）だ。

「……では」

料理を前にして、食べたそうにしながらも必死に我慢している様子の一家……子供たちは手を出そうとして母親に手を叩かれていた。それを見て、気を取り直したクラウゼはナイフとフォークを手に取り、食べることにする。

上品に魚の切り身を一口大に切り分け、オラニエと共にフォークに刺す。持ち上げると黄金色のバターが皿に滴り落ち、臭みのない魚の香りが漂ってくる。

その香りを吸い込みながら、口へと運び、食べる。

「……美味いな」

思わず言葉が漏れた。

見た目通り、よく脂の乗った魚から溢れるみずみずしい魚の味。腐りかけの魚にある臭みはなく、ただただ肉とは違う旨さだけがあった。火が通りすぎでも、かといって生焼けでもない絶妙な加減に仕上がった魚は十分な水気を保って柔らかい。

そして、その魚の旨みを強めているのが、この魚の味付けに使われたであろうバターの風味である。

(魚の肉とバターがこれほど合おうとは……いや、この脂の強さがあってこそか)

魚の持つ脂とバター、種類の違う二つの脂はお互いを殺し合うことなく引き立て合っていた。ほんのりと塩気を帯びたバターの香りと風味が食欲をかきたて、ピンク色の魚の肉がその食欲に応える。

（なるほど、付け合せの野菜はこの旨みを逃がさぬためか！）

そして、ホイルヤキと共に焼かれたと思われる、オラニエやカリュートに、茸（きのこ）。それもまた素晴らしい味に仕上がっていた。

どれも魚やバターから溢れ出た旨みを十分に吸い込んで、ただのオラニエや茸にはない風味がしっかりと宿っていた。

（そういえば、レモンの汁とショーユとやらをかけて食えとも言っていたな）

ひとしきり堪能したあと、クラウゼは先ほどの給仕の言葉を思い出す。レモンというのはこの黄色い果実だろう。

「すまぬが、ショーユとやらはどれだ？」

ショーユなるものは、おそらく卓（テーブル）の上に並べられた瓶（びん）のどれかだろうと当たりをつけつつ、猛然とパンとスープを中心に食べる平民の一家に尋ねる。

「あっ……この青いのがショーユでございます」

クラウゼの言葉に唯一反応した母親らしき女が、クラウゼにそっと青い瓶を渡す。

「うむ……」

だが、クラウゼも目の前の料理を堪能するのに夢中であり、気にしない。受け取った青い瓶からショーユをかけ、黄色い果実を搾って汁をふりかける。

（見た目はあまりよくないが……）

青い瓶から、あまり食べ物には見えない黒い水が溢れたのに少しだけ不安を覚えながらも、再びホイルヤキを口にし、目を見張る。

(なんと！　これはむしろ必須ではないか！)

レモン汁の酸味が味を引き締め、黒い水の塩気が魚の味を引き立てる。

どちらも量の加減を間違えれば味を損なう気配はあるが、それさえ間違えなければ、文字通りひと味もふた味も違う美味さを生み出していた。

「ああ、美味かったな」

ホイルヤキを全て食べ終えたクラウゼは満足していた。魚に満足して手をつけていなかったスープを口にして……再び驚く。

(なんと⁉　このスープも絶品ではないか⁉)

たっぷりの野菜と脂のよく乗った豚の肉、それからバターと独特の香りを帯びた調味料の味。これらが渾然一体となったスープは、つい先ほど食べたホイルヤキと比べても勝るとも劣らぬ素晴らしい出来栄えであった。

(パンも、これは一体どうすればこのようなものができるのだ⁉)

おまけにパンもまた、この世のものとは思えぬほど柔らかく、同時にほのかに甘みまで帯びた、クラウゼでも食べたことがないほど上質の白パンであった。

パンとスープに驚いているクラウゼを前に、その存在を忘れたかのように平民の男が大声を上げる。

「パンとスープ、お代わりをじゃんじゃん持ってきてくれ！　これだけじゃ全然足りねえ！」

「あ、わたしも！」

「俺も！」

「アタシも頼むよ！」

なんと、このパンとスープはいくら食べてもいいらしい。

「ぼ、僕も頼むぞ！」

その言葉に急かされるように、クラウゼも行儀悪く大きな声を上げてしまう。

「はい！　ただいまお持ちします！」

その言葉に、少し遠いところにいた給仕の娘が元気よく言葉を返した。


「世話になったな。ヘルマン、エレン」

「いえいえそんな！」

「そうですよ！　そんなの、当然ですとも！」

家に戻り、くつろいでいたところで、ようやくクラウゼを見つけた護衛の騎士たちが駆けつけた。

最初は、人さらいかとあわや剣を抜き放ちそうになる危険な場面もあったが、クラウゼの取りなしで無事収まり、クラウゼは街の住居へと戻ることになった。

「礼は後日届けさせよう。楽しみにしているがよい」

そうして平伏しているヘルマンとエレンにクラウゼは笑みを浮かべ、そんな約束を口にする。

……ヘルマンの元に錆一つない新品の斧が届けられ、大いに驚くことになるのは、もう少し先の話である。

第百八話　エビドリア

アルフェイド商会は、元は東大陸一の大国である王国で生まれた商会である。

一応歴史自体は数百年ほどあるが、ほんの数十年前までは王国の片隅で細々と各領地から上がってくる小麦の売買を行っていた商会であった。

だが、先代のアルフェイド商会当主、トマス＝アルフェイドは天才であった。瞬く間に王国屈指の大商会に育て上げた彼は、自らの引退を決意したとき、息子や娘たちの争いが起こらぬように一計を案じた。

長男に王国のアルフェイド商会を譲ると同時に、商会内で長男に匹敵するほどの辣腕を見せ……互いに己こそが次の当主たらんと争いを繰り広げていた次男と長女に、多額の金を使って作り上げた公国の都と帝国の都の支店を任せることにして、本家である王国のアルフェイド商会から二人を出したのだ。

かくして元は王都に一つだけだったアルフェイド商会は、長い歴史と伝統を持つ公国の支店と、凄まじい勢いで躍進を続ける帝国の支店の三つに分かれることになり、相続争いそのものが消えたアルフェイド商会は、安定を得た。

……『己の治めるアルフェイド商会こそが真のアルフェイド商会である』という、三人の強烈なライバル意識と引き換えに。

そして今、アルフェイド商会帝国支店は、一つの転機を迎えようとしていた。


国の規模の割に貴族というものが極端に少ない帝国にあって、他国の貴族たちが集まる場所である貴族街の屋敷の一つ。


高価な香辛料の香りがそこはかとなく漂う他国の大使公館。母より命じられて一人この屋敷へとやってきたアルフェイド商会帝国支店次期当主のリンダ＝アルフェイドは、大使から言われて思わず聞き返した。

「こ、米を使った料理、でございますか？」

リンダの確認に他国の大使……遥か西の大陸にある砂漠の国からやってきたという、茶色い肌の大使は頷く。

「さよう。これは我が国の重大な秘事ではあるのだがな……もうすぐ、この都を我が国の王太子であるシャリーフ殿下が訪れることになっている」

その表情と声は未来のことを思って固く引き締まっている。その言葉にリンダも思わず姿勢を正し、詳しい話を聞くことになる。

なんでも今、砂の国と帝国の間で、非常に重大な話が進められているという。

それは、砂の国と帝国の、未来を決めるといっても過言ではない話であり、一国の大使には手に余ると判断された。

故に、母国である砂の国から王の代理として王太子が訪れ、帝国の皇帝陛下と砂の国の王太子が直接話し合うこととなったらしい。

「シャリーフ殿下は帝国では原則として皇宮で過ごされることとなり、帝国の料理を食される。だが、帝国料理ばかりでは飽きがくるし、昼間でも砂漠の夜のように寒い帝国は、我ら砂の国の民にはいささか厳しい環境である。そこで……」

「砂の国を思い出されるような料理を作れ、そういうことですね」

リンダとて大商会で女だてらに辣腕(らつわん)を振るっていた大商人を母に持つ、次期当主である。

ここまでの話から、何を求められているかを悟っていた。

「うむ。お前たちは海国の料理をも知ると聞いた。なれば我が国の料理も作れるであろう……あそこの料理人を連れ出せれば早かったのだがな」

ポツリと一言つぶやいた後、気を取り直して大使は手元の鈴を鳴らし、よく通る声を上げる。

「アイーシャ！　アイーシャ！　来なさい」

　その言葉に応じ、一人の少女がしずしずと入ってくる。

（へえ……これは、なかなか）

　年の頃はリンダより二つ三つ下だろうか、大使の娘であろう若い少女が、帝国人らしい執事を伴って入ってくる。

　帝国風の、防寒を重視した布地の多い白を基調としたドレスを纏(まと)っているが、漆黒の髪と瞳、それから茶色い肌が、彼女が砂の国の民であることをよく表していた。

「このお客様方をご案内してさしあげなさい。確か今日だっただろう？」

「はい。確かに今日がドヨウの日ですわ。お父様」

　リンダには意味が分からぬ会話を交わした後、アイーシャがこっちに向き直って、言う。

「よろしければこれから、一緒に食事でもどうですか？　……シャリーフ殿下にお出しする料理について、ご説明もしたいと思いますので」

「は、はあ。それでは、よろしくお願いします」

　その言葉に、何やら不思議なものを感じながらリンダは頷(うなず)く。

「よろしい……あそこに行くわよ。アルフレッド」

「はい。お嬢様」

同行すると返事をしたリンダに満足そうにアイーシャは頷き返し、傍らに控える執事のアルフレッドに告げる。

「それでは、ついてきていただけますか？　リンダ」

「はい。お供します」

そして、アイーシャに促され、リンダはアイーシャと共に屋敷を出るのであった。


寒空の下、白い息を吐きながらリンダは歩く。

「大丈夫ですか？　アイーシャ様。寒くはないですか」

リンダは、執事と共に歩く傍らのアイーシャに問いかける。

東大陸でも北の方に位置する帝都はこの季節、特に冷え込む。

こことは逆に、一年を通して暑いという砂の国の生まれの者には、この寒さはいささか厳しいのではと思ったのだ。

「ええ。ここに住んで一年以上になるから、もう慣れたわ」

だが、白い毛皮のコートをしっかりと着込んだアイーシャは肩をすくめてみせる。アイーシャは慣れていた。一年を通して何度も『あの場所』を訪れるうちに。

「さ、着いたわ。ここよ」

そして、いつものように狭い裏路地にたどり着き、ハーフリングに使われることもなく黒い扉がちゃんとあることに内心少しだけ安堵して、アイーシャはリンダに向き直る。

「なんであんなところに扉が……？」

裏路地にポツンと扉が立っている不思議さに目を見張るリンダに言う。

「さ、行きましょう。まずは貴女にも食べてもらって、どういう料理がいいか伝えるから」

そう言ってアイーシャはリンダの手を取り、アルフレッドが恭しく開けた扉を通る。

チリンチリンと鳴る軽やかな鈴の音を聞きながら二人が、ついでアルフレッドがするりと扉から入った後、パタリと扉が閉じられた。


部屋に入った瞬間、リンダは周囲の空気が暖かくなったことを感じ取り、ついで魔物や人間がそれぞれに卓を囲んで食事をしていることに目を見張る。

「……あの、アイーシャ様。ここは一体」

「食事処よ。異世界の」

「い、異世界？」

その反応に、己の父親を初めてここに連れてきたときのことを思い出して笑いながら、アイーシャは言葉を続ける。

「ええ。私たちが暮らす世界とは違う世界にある料理屋。貴女には、ここの料理を参考に殿下のお料理を作ってほしいの」

　そんな会話をしていると、来客に気づいたらしい給仕の少女が三人の近くにやってきて、礼をして出迎える。

「いらっしゃいませ。ようこそ、ヨーショクのネコヤへ。お席へご案内します。それと、よろしければお召し物をお預かりしてもいいですか？」

　二人が料理を食べるのに向かぬ分厚いコートを着ているのを見たからだろう。給仕の少女がコートの預かりを申し出る。

「そうね。お願いするわ。リンダも」

「……はい。そうですね」

　アイーシャに促され、給仕の少女にコートを渡しながら、リンダはその姿に内心驚いていた。

（……こんな小綺麗な魔族、魔都でもほとんど見たことないわね）

　一時期、母の命令で数年かけて東大陸の主要な街を見て回った経験が、目の前の少女の異常さを悟らせる。

　豊かで、手入れが行き届いた金髪の間から黒い角が覗いていることから、目の前の少女が魔族であることは間違いない。

　元々、遥か昔に魔族と手を結んで今の国を切り開いたと言われている帝国では、魔族は珍しい存在ではない。

特に『魔王』の一族が皇帝陛下に代わって街を治める帝国二番目の大都市である魔都など、人間より魔族の方が多いほどだ。

だがその魔族が、王都の貴族の娘のように髪と肌の手入れが行き届いているなど、リンダは初めて見た。

(それにあの衣装……珍妙だけど生地の質が良すぎるわね)

着ている服も不思議なものであった。デザインはリンダの常識からは外れすぎていて、アイーシャの言うことを信じるのであれば異世界のそれであるが、服の質がとても高い。

ほぼ新品に近い新しさで、なおかつ上質な綿を紡いで作ったと思われるその布はとてもきめ細かく、縫い目も異様なまでに正確無比であった。

そんな、普通に仕立てれば間違いなく庶民の一年分の生活費くらいにはなりそうな服を一介の魔族の給仕に着せているあたり、この店の主は相当に酔狂な感性の持ち主なのだろう。

「さあ、こちらへどうぞ」

そんなことを考えながら、リンダはアイーシャたちに続いて席に座る。

となりには、黒い、おそらくは砂の国の民が好んで飲むカッファと呼ばれるお茶に、白いものを浮かべたものを飲んでいる砂の国の貴族らしき娘が一人だけ座っていて、誰かを待っているように見える。

「それでは、メニューをお持ちしましょうか？」

「いいえ。今日はエビドリアを頼もうと思っていたから、いいわ。エビドリアを二人分、お願いいね。後で色々頼むかもしれないけど、とりあえずはそれで」

そんなふうにリンダが考え込んでいるあいだに、アイーシャはさっさと注文を済ませる。元よりリンダにはこの店の料理、まして王太子のために作ってもらいたい異世界の料理など分かるわけがない。

「はい。少々お待ちくださいね」

アイーシャの注文を受けて、給仕の娘が奥にあるらしい厨房（ちゅうぼう）に注文を伝えに行く。

「……それで、エビドリアとは米を使った料理なのですか？」

リンダは、注文を終えたアイーシャに尋ねる。自分が依頼されたのは米を使った料理であり、そのあとに誘われた食事、それも目の前の少女が正しければ異世界の料理屋で出される料理である。

つなげて考えればその可能性が高いことはすぐに分かった。

「そうよ。それと、帝都ではまず食べられないけど貴女（あなた）たちならば美味しく作れるんじゃないかなって料理」

一方のアイーシャもまた、リンダの問いに頷（うなず）いてみせるのであった。

それから、当たり障りのない会話を交わしていると、先ほどの給仕の少女が料理を運んでくる。

「お待たせしました。エビドリアをお持ちしました」

そう言って慣れた手つきで三人の前にそっと料理を置いていく。

ひと目でオーブンから出したばかりだと分かるそれは、分厚い陶器の皿の上でブツブツとかすかに音を立てていた。

茶色い焦げ目が模様のように広がる下には、僅かに黄色みを帯びた白いものが満たされ、その中にピンク色の何かが見え隠れしている。

（あら、これはもしかして……チーズと騎士のソース？）

その、ピンク色のもの以外の正体はすぐに分かった。騎士のソースはアルフェイド商会において今の地位を築き上げるきっかけとなったというソースであり、帝国で一般に食べられているダンシャクの実との相性も良いことから、帝国支店でも馴染(なじ)み深いソースである。

（確かにうちの店向きの料理ね）

騎士のソースは帝国でも徐々に広まっているが、その使い方についてはアルフェイド商会は一日の長がある。だからこそ自分が選ばれたのかと思いながら、一口食べてみて……

絶句する。

（嘘!?　これって……）

その味は半ば予想どおりであり、同時に大きく予想を裏切る味であった。溶けて焦げたチーズの香ばしさと、ほのかに甘みを含んだ騎士のソース。上には帝国でコロッケを作るときなどに使われている砕いたパン屑が散らされており、独特の香ばしさを出している。

それから、下の方に敷かれている、細かく、柔らかな粒……これが米だろう。噛み締めると甘みがあって、なかなか美味だ。

ここまではいい。だが、このエビドリアの根幹を為す部分、それが予想外だった。

（シュライプ!?）

驚きながら思わずアイーシャの方を見ると、アイーシャはすまして答える。

「貴女たちなら、腐らせずに運ぶ技術もあるでしょう？」

その言葉に、リンダは改めて自分に依頼された理由を悟る。

シュライプは極めて腐りやすい海の生き物である。腐ると悪臭を放つうえ、ほぼ確実に腹を下すことになる代物であるため内陸部にはまず出回らないが、同時にかなりの美味なので、腐る心配がない海沿いの街では、庶民から貴族まで日常的によく食べられる食材でもある。

（……なるほど、私たちにここまでシュライプを運ばせようってことね）

シュライプを内陸のど真ん中にある帝都まで運ぶ手段はないこともない。保存の魔法が使えるくらいの、腕の良い魔術師を雇わなくてはいけないので非常に高価な食材となってしまうが、元々王都で食材を扱う商会として発展してきたアルフェイド商会のコネを使えば、できなくもないのも確かだ。

（いっそシュライプ抜きに……いや、無理ね。これがなくては少なくとも『エビドリア』は成り立たない）

改めて味わってみて、気づく。

このエビドリアの主役は間違いなく、このシュライプだ。

やや小振りのピンク色のシュライプは旨(うま)みの塊(かたまり)とでも言うべき食材であった。噛(か)み締め、歯の上でぷっつりと肉が切れるたびに溢(あふ)れ出す、シュライプの旨みが詰まった汁。それは騎士のソースのもつ柔らかな甘みと抜群に相性が良く、ソースをたっぷりと絡めた状態で食べるとご馳走(ちそう)と呼ぶに相応(ふさわ)しい味となった。

また、それらのソースやシュライプの旨みをたっぷりと吸い込んだ米もまた美味で、こちらは噛むと中に孕(はら)んだ旨みをじんわりと吐き出す。

それらの米と、シュライプ、そして騎士のソースとチーズ。これらを同時に口に運べば、エビドリアは完成する。

熱々のエビドリアは舌を楽しませ、身体を温めてくれる。リンダは料理を味わうその時

だけは、仕事を忘れ、否、ひたすらに真剣に味わうということを全うした。

「どうだった？」

一通り食べ終えて、満足げに息を吐いたリンダに、アイーシャが問いかける。

「ええ、美味しかったです。とても」

一言端的に告げたあと、リンダは表情を引き締めて要求を伝える。

「今度、うちの料理人をここに連れてきたいと思いますが、よろしいですね？」

アルフェイド商会の集めた情報によれば、辺境の小国の宿屋が似たような料理を出している、と聞いたことがある。ならばアルフェイド商会の料理人にも作れるだろう。

……ついでにほかの料理にも興味がある。このエビドリアと同じくらい美味な料理があるのならば、見過ごすことはできないとも考えながら。

そんなリンダの商人らしい野心をにじませた問いかけに、

「……私とアルフレッドも連れてきてくれるなら」

アイーシャはしれっと、自らの要求を伝えるのであった。

第百九話　ロールキャベツ

身も凍るほど寒い冬の風が、擦り切れて指が通るほどの穴が開いたフード付きのマントとその下のボロ布同然の服を抜けていく感触に、サリアは思わず身震いをした。

「寒っ！」

思わず叫び声のような悲鳴を上げて、フードをさらに目深に被って延々と続く道を恨めしげに見る。

（道はこっちで合ってるはずなんだけど……）

故郷の村を出てから、一体どれだけ歩いたろうか。サリアたちが平和に暮らせるという都は遠く、靴に穴が開き、足にはいくつもの血マメが潰れた痕が残るほど歩いたというのに、未だにたどり着く気配はなかった。

（お腹空いたな……）

歩く道すがら、切ない鳴き声を上げた腹を押さえ、それから麻で作ったボロ袋の中を見て、ため息をつく。

袋の中にはもう食べられるものは何も入っていないし、ついでに財布の中には銅貨が数枚入っているだけであった。都に着いたらなんとか兄を探し出さないと、早々に干上がるのは明白であった。

（お兄ちゃん、まだ生きてるといいけど……）

ただただ歩く痛みを忘れようと色々なことを考える。サリアが都に行くことを決めたのは、何年か前に家を出た兄からの誘いを受けてのことだった。

サリアと違い、戦う加護に恵まれていた兄は己の力を試したいと言って、何十年も前の戦争の頃に曽祖母が使っていたというボロ剣を盗んで家出した。

それから都に出て冒険者になったとかで、それなりに成功した……らしい。

あの兄のことだから盗賊にでも身をやつしているのかと思っていたが、どうも村を訪れる人間の行商人によれば、都に小さな店を構えてそこそこ美人の妻を娶って、幸せに暮らしているらしい。

それならば、とサリアが故郷の村を出て兄のツテを頼ろうと思ったのが数カ月前のこと。戦う力は弱いが体の丈夫さと夜目がきくことには自信があったサリアは、女だてらに一人で歩いて都を目指していた。

（もうお昼か……夕方までにたどり着けるかなあ）

夜目がきくとはいえ、女一人での野宿はやはり怖いものがある。できるならばその前に都に入りたい。

そう考えて、少し足を早めた、その時だった。

（え？　なにあれ？）

いきなり目の前に現れたそれに、昼の明るさで細まっていたサリアの瞳孔が、驚きのあまり開く。

街道筋の森の木々の間に立つ黒い扉。サリアには慣れ親しんだ目を持つ猫の絵が描かれた扉が、ポツンと立っていた。

（なんだろ、これ……）

元来好奇心が強い方であるサリアは、思わず扉に近づいて観察する。こんな森の中にある割に、泥も埃も付いていない、綺麗な黒い扉。

よく磨かれた真鍮の取っ手が、サリアに触ってくれと言わんばかりに光っていた。

「……えいっ」

取っ手を回すと鍵はかかっていなかったらしく、チリンチリンと鈴の音を響かせながら扉が開く。

「……あっ」

きゅう、とお腹が鳴る。開いた扉の先は、ぼやけていて何があるのか分からない、明るい部屋。

だがそこから漏れてくるのは、なんとも食欲をそそる香りを帯びた温かい空気だった。

　思わず、サリアはその扉を通り、未知の場所へと入っていく。

「わあ……」

　部屋に入った瞬間、ぼやけていた室内の様子が鮮明に見えて、サリアの瞳孔が細まる。

　部屋の中では、何人かの人間が料理を食べていた。

「お前さんは分かっとらん！　この世で一番可愛い孫はサラに決まっておろうが！」

「何をいうか。帝国の誇る至宝たる我が孫アーデルハイドが王国人に劣るわけがなかろう」

　何やら茶色いものを口に運び、硝子杯に満たされた麦酒を飲みながら、老人二人がどちらの孫がより可愛いかで言い争っている。

「ほう。やるじゃないか。まだ潰れないなんて、人間にしとくのが惜しいよ」

「光の神に仕える高司祭なんてやってると、人生の楽しみっつったらこれくらいだからね。それよか、アンタだろ。最近公国で噂になってるウメシュの出処は」

　その近くでは落ち着いた雰囲気のドワーフと人間の女が静かに、しかしすごい勢いで杯を重ねている。

「それで、話って何？」

「ああ、エレン。そろそろよぉ……」

　かと思えば、サリアと同じくあまり楽な生活を送っているようには見えない食事を終えたらしき若い男が、同じような格好の女に対して、何かを言おうと一大決心を込めて見据えている。

（なんなのここ？　……メシ屋？）

　おそらく、メシ屋なのだろう。見たこともない料理ばかりだが、明るい部屋で食べられている温かな料理の香りがサリアの鼻をくすぐり、胃袋に悲鳴を上げさせる。

「いらっしゃいお客さん。ここ、初めてかい？」

　呆然と立っていると若い人間の男に声をかけられ、サリアはビクリと肩を震わせて慌ててフードを深く被りなおしつつ、声のした方を見る。

　目の前に立っていたのは、サリアより少し年上に見える青年であった。

　髪も肌も汚れ一つなく、清潔な男である。着ている服も、サリアのボロ布とは比べ物にならないほど仕立ての良い白いシャツと黒いズボン。

　その青年はお世辞にもあまり綺麗とは言えないサリアに対しても人懐こい笑みを浮かべて、答えを待っている。

「あ、あの……はい」

目を合わせないように少し俯きながらサリアは答える……顔を覗き込まれたらきっと気持ち悪がられるから。

「そっかそれじゃあ……ようこそ。洋食のねこやへ。席にご案内します」

そんなサリアの答えに、青年は笑みを浮かべてことさら丁寧にサリアを席へと案内しようとする。

「あ！　その……すみません。お金がないんで失礼します……」

美味しそうな料理に後ろ髪を引かれながらも、サリアは恐縮して答えを返す。財布の中には銅貨がたったの数枚。サリアのような服装でも入れる場末の酒場ですら、料理一つか酒一杯頼むのが精一杯な持ち金だ。

とてもじゃないが、こんなところの料理が食べられるとは思えなかった。

「ああ、大丈夫ですよ。うちは初回だけは持ち合わせがなくても料理出してますんで」

だが、青年はそんなサリアにこともなげに驚くようなことを言う。

「え？」

「いえね、どうもうちの店の入口って変なところにばっかりあるみたいで、最初は誰も料理屋の入口だって思わないみたいなんですよ。当然、お金持ってきてない状態で入ってくる人も多いですし、うちの料理を気に入ってもらえるかも分からないんで、最初だけはお代はツケでってことにしてるんです」

驚いたような顔のサリアに、青年は店のシステムを説明する。

「そんなわけでお代は次に来た時で結構ですんで、何か食べてっちゃみませんか？　自慢じゃないですけどうちの店、結構評判いいんですよ」

そんな話をしつつ、綺麗(きれい)に整えられた卓(テーブル)の椅子を引いて言う。

「今日の日替わりはロールキャベツです。体あったまりますよ」

そんなことを言う青年に、

「……じゃあそれ、ください」

サリアは少し笑ってみせた。


幸い、料理はすぐに来た。


「すみませんね。うちのバカ孫が喫茶店(サテン)仕込みの接客とやらで調子に乗ったみたいで」

料理を持ってきたのは白髪の老人であった。恐らくはここの料理人で、話からすると先ほどの青年の祖父らしい。

詫(わ)びを入れつつ、ことりとサリアの前に、緑色の何か大きなものと赤いスープが入った深皿を置く。

「今日の日替わりのロールキャベツだ。パンは言ってくれればいくらでもお代わり持ってくるから、遠慮しないで言ってくれ。お代はいくら食べても変わんないから」

そんな言葉と共に、茶色いパンが綺麗な純白の皿に置かれる。

「それじゃあごゆっくり」

そう言って老人が去ってすぐ、サリアは耐え兼ねて料理に手を伸ばす。スープを掬いやすそうな銀色に輝く大きな匙を手に取り、真っ赤なスープに沈めて匙にスープを満たす。持ち上げた瞬間、鼻に飛び込んでくるスープの香りにこくりと唾を飲んだあと、スープを口に運ぶ。

（……美味しい！）

少しだけ酸味がある、肉と野菜の味が溶け込んだスープをゴクリと喉を鳴らして飲む。サリアのよく知る、ほんの少し屑野菜が浮いているだけのお湯みたいなスープとは比べ物にならないほど濃くて美味しいスープが舌を通り、喉を通り、腹の中に落ちていく。

ほう、と胃袋に満ちた暖かさを吐き出すようにため息を一つ。

それは、久方ぶりのまともな料理であることを差っ引いても、サリアにとって生まれて初めて食べる美味だった。

手が止まらず、スープを何度も掬い上げては口へと運ぶ。スープを飲むのに邪魔なフードを取り払い、飲んでいく。

（これ、スープだけでも十分美味しい……）

スープを飲んでいくうちに段々と全体が見えてきた緑色の塊を見て、少し嬉しくなる。

この料理のメイン……先ほどの青年が言っていた『ロールキャベツ』という料理は、察するにこの赤いスープに入っている緑色の塊なのだろう。

再びゴクリと唾を飲みつつ、傍らにあったパンをむんずと掴んで口に運び……そのほのかな甘さと柔らかさに目を見開く。

付け合わせの、先ほどの老人の言葉を信じるなら、いくら食べても値段は一緒という、おまけのような存在ですら、とてつもない美味だった。

「すみません！　パン、もう一つ、いや二つください！」

思わず、別の客に給仕をしていた青年に大きな声でもっと持ってきてくれと伝える。

「はい！　少々お待ちください！」

そんなサリアの言葉に青年は、よく通る声で返してくる。

（そ、それじゃあ今のうちに……）

そして、次のパンが来る前に、サリアは緑色の塊であるロールキャベツに手を伸ばす。

赤いスープの深皿で、ゴロリと泳ぐロールキャベツを匙で切る。よく煮込まれてスープを吸った緑色の塊はあっさりと切れ、中身を見せる。

（……これ、お肉？）

緑色の葉野菜に包まれたそれの中身。煮込んだ肉の色をしたものが詰まっていたのだ。

肉がたっぷりと詰まった緑色の塊をサリアは匙で掬い上げて、しげしげと見る。

スープに濡れて光って見える少しだけ赤みを帯びた緑の野菜と、煮込まれた茶色い肉がみっしりと詰まったロールキャベツ。

今すぐ食えと、サリアの食欲が命じる。それに抗うことなく、サリアは思いっきりかぶりつく。

（……はぁ。お肉だ。お肉だよこれ！）

噛み締めるたびに溢れる肉汁が、葉野菜から溢れる酸味のあるスープと混じり合い、じゅわりと温かく口いっぱいに広がる。

それだけでサリアの身体は温まり、心に嬉しさが満ちていく。

その嬉しさが愛おしくて、サリアは何度も何度も緑の塊を切っては口に運ぶ。

最初に見たときは結構大きく見えた塊は、あっという間にサリアの胃袋の中に消えていった。

「ほう……」

久しぶりに食べたまともな食事に、サリアは満足げにため息をつく。

美味しかった、とても。けど、まだ足りない。

「お待たせしました。パンのお代わりをお持ちしました……ロールキャベツのスープも、お代わりお持ちしますか？」

「はい！　……あ」

　だからこそ、お代わりのパンを持ってきた青年に思わず全力で向き直り、真っ直ぐに目を見据えて言葉を発したサリアは、己（おのれ）の失敗を悟る。

（み、見られちゃった！）

　慌ててフードを被（かぶ）り直して顔を隠すが、もう遅い。バレてしまっただろう。自分の目が縦に割れた猫の瞳であること……サリアが『魔族』であることを。


　魔族を恐れる人間は、まだまだ多い。魔族が怖がられることなく暮らせる場所など、サリアが目指している帝国における魔族の都たる『魔都』くらいであろう。

「そ、その、見ましたよね……」

　おずおずと聞いてみる。すぐに追い出されるのではないかと、不安になりながら。

「え？　なんか問題がありましたか？」

　だが、サリアの予想に反して青年は不思議そうに首をかしげる。

「……え？」

「……えっと、綺麗（きれい）な目ですね。なんていうか、猫みたいで」

　再び新顔の客に見つめられ、もしかしたら目がちょっと変わってるのを気にしているのかと気づいた青年は、お客さんに笑顔を向けて思わず言う。

……残念なことに、青年は女の子への褒め言葉はいつも恋人にダメ出しされるくらい苦手としているため、あまり上手い言葉とは言えなかったが。

そして、その笑顔に答えるように荒々しく扉が開かれ、『常連』の一人が入ってくる。

「おう！　カツドンだ！　カツドンをくれ！」

「……ええ!?」

その入ってきた客……サリアより頭二つはでかい獅子の顔を持つ大男が、サリアとは比べ物にならないほど強烈な加護を受けた魔族であることに気づいて、サリアは驚いた声を上げる。

「……まあ、うちは変わった客が多いんで。ちょっとくらい変わってても大丈夫ですよ」

そんなサリアに、青年はもっと料理を楽しんでもらおうと言葉を紡ぎつつ、そっとサリアの皿にパンを置く。

「それじゃあ改めて……ごゆっくり」

そして客の要望に応えるべく、ロールキャベツのスープを取りに厨房へ行くのだった。

第百十話　冷製パスタ

いつもの時間に、いつもの場所。

チリンチリンと鳴り響く扉の閉まる音を聞きながら、ハインリヒは急に襲ってきた胃の痛みに顔をしかめ、手を当てた。

「あ、いらっしゃいませ！」

「ああ」

すっかり見慣れた顔となった魔族の給仕に案内され、席に座りつつも、彼の顔は浮かないものだった。

（胃が痛い）

ほんの少し前、部下の騎士が半信半疑で持ってきた情報は、とびきりの凶報と言えるほどに危険で、重要なものだった。

森の奥にて大規模なモスマンの繁殖の兆しあり。

依頼を受けて、薬となる薬草だか木の実だかを求めて砦の近辺にある森を探索したという流れの冒険者が、報奨金目当てで持ってきた情報。

森の奥に強烈な毒気を放つ空飛ぶ魔物の巣ができていて、そこで翅の生えた化け物に襲われて逃げ帰ったという話。

……それは、ハインリヒにとっては何年か前に『経験済み』の出来事。

モスマンの大繁殖である。

(いや、まだ確認できたわけではない……だが)

砦を預かる身であるハインリヒ自身が行くのは止められ、砦にいる兵士たちから斥候隊を編成し、調査に向かわせる準備をしている。

確証はない。何かの間違いか、小規模な群れであればと思うが。

(だが、ともすればあの時のようになる、か)

ハインリヒにとって決して忘れられぬ酷い戦いだった。栄光ある公国の騎士と兵士が、まだ若かったハインリヒを一人伝令に出して砦に籠もり、救援を待つしかなかったのだ。

もし、あのときハインリヒが力尽きて倒れていれば砦は陥落し、公国には大きな被害が出ていただろう。

それと同じことが、再び起きようとしているのだ。

剣や槍が届かない空を飛び回り、毒をまき散らすモスマンは、非常に厄介な相手である。

まともに戦おうとすれば大量の腕の良い弓兵か、魔術師を連れてこなくてはならない。

……いかに東大陸屈指の大国である公国といえども、辺境の砦にまでは大した戦力は配置していない。

モスマンの大軍を相手取るのは不可能であった。

（いや、あの時よりは大分マシだ……少なくとも、攻め込まれる前に準備を整える時間はある）

幸いなことといえば、完全に奇襲を受けたあの時とは違い、多少なりとも備える時間があることだ。

たとえ戦いが避けられないとしても、前回ほどひどいことにはなるまい。

歴代の公王は領土的野心が薄く、よほどのことがない限り領土を欲して他国に侵攻することはなかったが、不死者の巣窟と化した古王国と長らく戦ってきたこともあり、防衛には敏感であった。

今回の調査の結果、本当にモスマンの大発生が確認できれば、その事実を報告することで事態の重要性を理解して、軍を派遣してくれるだろう。

そういう結論になったからこそ、ハインリヒはあえてドヨウをいつもどおりに過ごそうとしている。

「ご注文、お伺いします……えっと、エビフライでよろしいでしょうか？」

「ああ、たの……いや」

見慣れない、最近入った新しい黒髪の給仕にいつものとおりエビフライを注文しようとして、思い直す。

不安がまだあるせいか、あまり食欲がない。

あの、柔らかいシュライプの身とさくりと揚げられた衣に、卵の味が強いタルタルソースの組み合わせは、とても魅力的だが、少し気分じゃない。

「シュライプの入った料理で、その、軽くて食べやすい料理というものはないか？」

少し胃が痛むが、スープや粥くらいしか食べられないというほどではない状況。

この店ならば、おそらくそれに対応する料理もあるのではないかという確信があった。

それに、この黒髪の給仕は、異世界の人間らしく、料理にも店主と同じくらい詳しい。

果たして給仕は少しの間考えて、求められた条件を満たす料理の名を口にした。

「それでしたら……エビと明太子の冷製パスタはいかがですか？」

ハインリヒにとって思いもよらない料理であった。

「冷製パスタ？　……冷たいのか」

冷たい食事。そう聞いただけでハインリヒは少しだけ顔をしかめる。

ハインリヒとて、ことあらば荒野を駆け、戦場にはせ参じ、魔物や敵兵と戦う公国の騎士である。

戦場では温かい食事というのは贅沢であることを知っているし、味など二の次でただただ腹を満たすことと保存のことしか考えぬような食事にだって慣れている。


だが、ここは異世界食堂。料理屋である。

この不思議な店では、冷たい料理を出すこともできるのは知っているが、ほとんどは飲み物か菓子の部類だったはずだ。

行軍中や作戦中は温かな料理を食えないこともあることは分かるが、わざわざ料理屋で供されるもの、という認識はない。それに。

「パスタというのは、王国でよく食べられている麺料理だろう？　冷めても美味いものなのか？」

王国には、小麦をこねて乾燥させたパスタなる食材があると聞いたことがあったし、この店でそれらしいものを食べている客も見たことがある。

だが、それは普通に出来立ての、湯気が出るくらい熱い料理だったはず。

時間がたって冷めた状態になっても食べられはするだろうが、それで美味いのかと言われれば、分からない。

「冷めた、じゃなくて冷やしたパスタです。結構違いますよ。ちょうど今くらいの、夏の時期には美味しいんです」

そんなハインリヒの疑問に、黒髪の給仕は笑いながら言葉を返す。

その言葉には偽りの様子はなく、美味であることを確信しているように思う。

「なるほどな……ではそれをもらおうか」

そして、ハインリヒもまた、思い直す。

ここは異世界食堂。ハインリヒの常識が通じない不思議な料理を出す店であることは、重々承知しているし、何よりここでまずい料理を食わされたことなど一度もない。

「はい。少々お待ちください」

そう言って黒髪の給仕は奥へと戻っていった。

一体、どんな料理が出てくるのかと待つことしばし。

「お待たせしました！」

　金髪の魔族の給仕が、料理を運んでくる。

　淡い花の色に染められた細い麺に、少し小ぶりな丸まった赤と白で彩られたシュライプが上に載せられている。

　冷やしたパスタというだけあって、湯気は立たない。

　陶器の皿に盛られた量はあまり多いとは言えないが、食欲がない今のハインリヒにはちょうどいいかもしれない。

　果汁を混ぜた水をごくりと飲みほして、ハインリヒはフォークを手に取る。

（さて、食うとするか……メンタイコは、確か聞き覚えがあるぞ）

　確か王国の方で作られる食べ物だった気がする。

　魚の卵を使った物だと聞いたことがあるが、食べたことはない。

（まあ、食ってみれば分かる）

　髪の毛のように細い麺を巻き取り、口へと運ぶ。

（ほう……これは、タルタルソース……いや、それに使われているというマヨネーズの風味があるのか）

　初めて食べるその麺料理は、意外なほどに柔らかな味がした。

乳のような風味と、ほんのりとした酸味。これはエビフライにも使われているタルタルソースに近い味。

他の客によれば、それはタルタルソースを作るときに使われるマヨネーズなる調味料の味だろう。

さらにその中には、タルタルソースにはないピリリとした辛さが含まれている。

この辛さには、別に覚えがある。

（トガランか。なるほど、意外なほどに合う）

どうやらメンタイコなるものはトガランを使うらしい。

ハインリヒは、タルタルソースの風味にトガランの辛さが意外に合うことを、初めて知った。

（それにこのプツプツと広がる塩気……なるほど、魚の卵か）

口の中にはプツプツとした触感がある。とても小さな、砂粒ほどの大きさのものだ。

それは歯や舌で押されると簡単にぷつりと潰れて、中に閉じ込めた味を舌の上に放り出してくる。

塩気と旨みに、海の匂い。

それらが口の中いっぱいに広がって、喉の奥へと流れていく。

単品だったら強すぎるその味が、柔らかなタルタルソースと、それらによく絡む細い麺によって程よく食べやすくなっている。

これならば、この一皿では足りないくらい美味しく食べられるだろう。

「うむ……うまいな」

ガツンとはこないが、その分しみ込むように、美味を感じる。

美味いものは、それだけで心を軽くする。

そう感じた。

「さて、次はシュライプだ」

一口、メンタイコと麺を堪能したところで、本命であるシュライプに手を伸ばした。

エビフライに使われるものと比べると少し小ぶりなシュライプは軽く火を通してあり、きれいな縞模様を描いている。

それに花の色をしたソースをしっかりとまとわせて口に運ぶと、口の中でプツリと弾(はじ)ける。

いつものエビフライと比べれば淡白だが、しっかりと旨みを閉じ込めたシュライプと、メンタイコの濃い塩気が、マヨネーズの柔らかな酸味と混じり合う。

そこまで味わえば、あとはあっという間だった。

ハインリヒはどんどんと食べ進め、この料理の問題点に気づいた。

(足りない……)

どちらかといえば濃い味付けに属する料理だからだろうか、大分盛り方が少ない。

「注文を頼む！　とりあえずお代わり！　それとエビフライを頼む」

となれば、解消する方法は一つである。

(なんとかなるだろう。今回は、早く対応できたのだから)

心の内に立ち込めていた暗雲は、空腹と共に去っていった。

第百十一話　モンブランプリン

国境の辺境の砦付近に、恐るべきモスマンの大繁殖の兆しあり。

その知らせは、公国に大きな動揺をもたらした。

以前モスマンの大繁殖と襲撃が発生した時には、公国軍を動かして事なきを得たものの、莫大な軍費を使い、決して無視できない被害を生んだ。

たくさんの兵士や騎士が毒に倒れ、生き残ったとしても戦場に立つことはできなくなったし、『汚染』された土地は立ち入るだけで体を壊す危険な場所へと変じた。

さらに恐ろしいことにその『毒』を好む魔物までいつの間にか住みつき、モスマンの発生地に近い村がいくつか捨てられることになったほどである。

それは、野蛮で残虐なれどまだ人間同士の理屈が通用する魔族とは違う、理性なき魔物の脅威として、公王の記憶にも苦いものとして残っている出来事であった。

捨て置けば今回もまた多くの悲劇を生むだろう。だが軍を動かして討伐しても、無視できない被害を生む。

どちらも防ぐ良い方策はないものかと宮中の賢者たちに尋ねた公王に、一人だけ、妙案を出したものがいた。

モスマンは蟲の魔物故に、寒さに弱い。成体ならともかく、まだ孵らぬ卵や幼生ならば全てが凍てつくような冷気を浴びれば死に絶えるだろう。

幸いそれだけの冷気を生むものにも心当たりがある。はるか西の大陸の北端。

エルフの古い魔法の暴走により、永遠に雪と氷に覆われることになった呪われた地と、彼の森を繋げてしまえばいい。

二つの場所を繋げる類の転移の魔術ならば、大賢者アルトリウスに学んだ自分が詳しく知っている、と。

……問題は『彼女』が本来は国政に口出しできる立場ではない存在だったことである。

公王の姉にして大賢者アルトリウスの弟子である『公国の魔女姫』ヴィクトリア。

前王と王妃というれっきとした人間の両親を持ちながら、ハーフエルフとして生まれてきた取り替え子である。

現在は公国に戻って城の一角にある塔の研究室に籠もり、王族にしてはずいぶん質素な生活費と研究費の対価として、時折『研究の成果』を持ってくるだけの、隠者のような生活を送っている彼女が、初めて国の大事に動いたのである。

公王としては、ヴィクトリアの実力は信頼している。父と母がこの世を去った今では誰よりも近い家族なのだから。

天賦の才と良き師、そして長く続く若さを持ち、自分では考え付きもしないような魔術を使う姉上の言うことならば、間違いないだろうと。

だが、公王一人の独断ですべてを動かせるほど、公国の歴史と伝統、そしてなにより古王国を滅ぼしたハーフエルフへの恨みは軽くない。

それがどんな案であったとしても、簡単に受け入れることはできない。

……かくして、妥協案が出されたのである。

（まさか、こんな形で再会することになるなんて）

女性ながら公国の宮廷魔術師の一人に名を連ねるロレッタは、砦に向かう馬車の中でおよそ二十年ぶりに会う幼馴染を見て思った。

彼女は美しい銀髪を三つ編みに結い、エルフの強力な魔術を染み込ませたローブを着込んでいた。

さらに、面倒な耳が見えないように耳が隠れる髪型にしたうえで、帽子を目深に被っている。

見た目はロレッタの娘より少し若いくらい、ちょうど成人したばかりの内気な少女くらいに見える。

だが、彼女が何者であるかを表すのは、帽子と髪の奥に隠された、人間より少しだけ長い尖った特徴的な耳。

……ロレッタの幼馴染。乳兄弟であった公王の姉であるヴィクトリアである。

（公王様直々のお願いだから何かと思えば……）

ロレッタは公国においては代々の宮廷魔術師を輩出してきた家系の生まれであり、貴族であると同時に魔術師であった。

成人し、一人前の宮廷魔術師と認められてからは、魔術の研鑽をしつつも、娘である自分しか残らなかった家を継ぐために結婚し、子を生した。

その後は、研究と仕事、子供たちに魔術を教える、と忙しかったこともあってずっと疎遠になっていた。

そんなロレッタに、幼馴染でもある公王直々にお呼びがかかったのは、一つの依頼のためだった。

――国境付近に発生した公国を狙うモスマンの群れを、全てが凍てつく吹雪で殲滅せよ。

そのために魔術師たちをまとめ、大掛かりな魔術を準備する栄えある責任者として指名された、公国の女宮廷魔術師ロレッタ・フェイストン。

……そして、その魔術の行使を助けるために雇われたのが公国で活動する流浪の冒険者『プリン』。

身元は定かではないが極めて高い実力を持つ魔術師、ということになっている。

あくまで今回の責任者はロレッタであり、その手伝いであるプリンからは相応の金銭を対価に、手柄を全て買い上げることで話がついている。

つい先ほど『プリン』を紹介されたロレッタにとっては、二重の意味で茶番である。

成し遂げた成果と報酬はすべてロレッタのものとなり、公的な記録にもそう残る、らしい。

一連の事件に『ヴィクトリア』がかかわった記録を残さないために。

家のことを思えば名誉だし、ロレッタでも知らない強力な転移魔術について知ることができるのは大歓迎だが、そのために幼馴染が利用されるだけ、というのはいただけない。

（あなたは、それでいいの？　ヴィクトリア）

馬車に揺られながら、自分がまだ何も知らぬ少女だったころを思い出させるヴィクトリアを見ていると、思わずそんなことを言ってしまいそうになる。

元がヴィクトリア自身の発案らしいので、本人は納得しているはずなのだが。

ヴィクトリアは、成人したころから公の場に姿を見せなくなった。

ロレッタとて最後に顔を合わせたのは二十年以上前、自らの子供が生まれてすらいなかったころだ。

それからは、当時の宮廷魔術師長から魔術を習って一年で宮廷魔術師長を上回る魔術の腕前を見せたとか、王国の大賢者アルトリウスの弟子になったとか、ヴィクトリアのそういう噂は聞いている。

おそらくは、魔術師全体で見れば優秀でも宮廷魔術師としては並の才覚であるロレッタよりも、今のヴィクトリアははるかに優れた魔術師なのだろう。

だが、その見た目は、成人の直前に会った、記憶にある少女の姿のまま。

最近何かと反抗的な己の娘を思い出させる姿で、それが、悪い大人にいいように使われる子供のように見えてしまう。

……かつての幼馴染を見てそう感じるのもまた、己が歳を取った証拠のように思えて少し嫌なのだが。

「ねえ……ヴィ、プリンさん」

「ヴィクトリアでいい。ロレッタは、ずっとそう呼んでいたでしょ」

ロレッタの言葉に、ヴィクトリアは少しだけ不機嫌そうに、言葉を返してきた。

それは、もっと幼いころ、まるで男の子のように元気だったことを思い出させる、いたずらっ子のような顔。

「……そうね。じゃあ、ヴィクトリア、元気だった？　怪我とか、病気とかしてない？」

ああ、この子は確かにあの、自分が知っているヴィクトリアなのだ。

そう悟ったロレッタは自然と表情が緩んだ。

「うん。子供を作れないのは少し寂しいけど、甥っ子と姪っ子は可愛いし、魔術の研究は面白いし、充実してるんだと思う。ロレッタ、あなたは？」

「私も、多分充実してるのだと思うわ。夫は優しいし、子供たちも少しは魔術が使えるようになってきたもの。まあ、面倒なことも多いけどね」

「そうなの？」

「そうよ。貴族で、宮廷魔術師で、母親だもの。面倒なことだらけ」

「……そっか。そういうもの？」

「そうよ。どこも一緒、楽しいだけってそうそうないのよ。今回みたいなこともあるしね」

お互いため息をついて、それから噴き出す。

そして、砦にたどり着くまでの間ずっと、話をし続けた。お互いの間にできた二十年分の溝を埋めるように。


砦にたどり着き、砦の責任者であるまだ若い騎士（なぜかヴィクトリアの偽名を聞いて「んなっ!?」と驚いた声を上げていた）との顔合わせを済ませた後、二人は作戦会議室で詳細を詰めることになった。

「まずモスマンの巣がここ。それで砦がここ……南にエルフの村があるみたいね」

「となるとそこを巻き込むと面倒。では魔法陣を仕掛ける場所は……この辺？」

魔法陣を媒介にした魔術は、効果時間も威力もけた違いに跳ね上がる。今回のように魔物の巣一つ叩き潰すようなときには非常に有効である。

「分かってはいたけど、ずいぶん複雑な陣ね。この砦付きの魔術師にも力を借りるとして、書き上げるまでに襲われないように護衛も頼む必要があるわね」

「その辺は私にはよく分からないから、任せる。師匠なら魔力で勝手に書き上げてあっという間に発動まで持っていけるんだけど」

ヴィクトリアが済まなそうに言うが、そんな芸当ができるのはエルフか、伝説の賢者くらいである。

高位の魔術ほどそれに比例して複雑かつ巨大なものとなる。ヴィクトリアが事前に用意してきた設計図を見るに、魔法陣の大きさは小さな泉ほどもあるらしい。

ある程度以上の魔力のあるものでないと書けない上に細かい部分も多く、これらを書き上げるのには数日かかるだろう。

「ないものを欲しがってもしょうがないわ。砦にも数人、軍の魔術師がいるみたいだから彼らにも手伝わせましょ」

「うん。そういうのはよく分からないから……任せる」

魔術のことは大抵の魔術師より詳しいが、そういう政治や軍事に関しての知識はヴィクトリアにはほとんどない。

多分、公王である弟もその辺を見越して、知己（ちき）であると同時に宮廷魔術師として公国の政治や軍事にも関わってきたロレッタを、お供に付けたのだろう。

そう思い、ヴィクトリアは安心した。

そうして細かいところを詰めつつ、内心でロレッタは驚いていた。

（やっぱり、天賦の才があったのね……）

ヴィクトリアが仕上げてきた魔術の設計図に関する説明は、宮廷魔術師として公国でも最高の教育を受けたロレッタでも、完全に理解するのは難しいほどのものだった。

説明が正しいことはなんとなく分かるのだが、そこに至るまでの理論が、己の常識を超えているのだ。

斬新かつ複雑な大賢者の理論。それを理解した弟子であり、大陸全土で見ても屈指の魔術師、公国の魔女姫。

ロレッタは、ヴィクトリアがそう呼ばれるに足るだけの実力を有していることを、改めてかみしめる。

（それであと百年以上も若いままで研究を推し進めるわけか……）

なるほど、ハーフエルフが魔術師の間でも羨望と嫉妬混じりの感情で見られるわけだと、ロレッタは実感する。

二重の意味で、追いつけないのだと。

「……この魔法陣がつながるっていう西の大陸の北端なんて、どこで知ったの？　やはりアルトリウス様の知識？」

「それもあるけど……実際行ってきた。ものすごく寒かったし、死ぬかと思ったけど」

内心に湧き上がってきた嫉妬の感情を打ち払うように尋ねると、なぜかヴィクトリアは顔をしかめて言う。

どうやら、思い出したくない類の記憶のようだ。

「え？」

「西の大陸は、エルフの古い遺産が手つかずでたくさん残っていて、それを見に行ったの。師匠の転移魔術で砂の国に行って、そのまま北の果てまで旅したわ」

そんな馬鹿な。そう思ったが、思い直す。

大賢者アルトリウスは若いころ四英雄の一人として、当時はまだ何人もいた魔王を討ち果たすために、仲間たちと世界のあらゆる場所を旅したと言われている。

それを可能にしたのが、アルトリウスが復活させた転移魔術だと聞いたこともある。

「そ、そうなのね……じゃあ他にも色々見て回ったの？」

「うん。東大陸だと、帝国の南の湿地帯に、死者の都に、赤竜山脈にも行った。とても危険な場所だから、師匠と一緒じゃないときには行くなって言われてるけど」

……おまけにどうやら友人はこの十年で自分が思いもよらぬ大冒険をしていたらしい。

「……あとで、詳しく話を聞かせてもらえるかしら？」

「もちろん」

ロレッタの言葉に快く頷いたその時だった。

コンコン、と扉を叩く音がした。

「あー、済まない。プリン殿……ひとつ店主に頼まれてな。渡すものがある。少し、よいか？」

扉の向こうから、少しだけ聞き覚えのある男の声がする。

（確か……ああ、そうだわ。この砦を任されている……ハインリヒ、だったかしら？）

この砦に来た時に挨拶を交わした、まだ若い騎士だったはず。

何か、事態が変わった……にしては落ち着いている気がする。

「開けていい？」

「ええ」

ヴィクトリアが聞くとロレッタが頷いたので、ヴィクトリアはいそいそと扉を開いた。

そこには予想通り、金髪の若い騎士であるハインリヒが、何やら白い箱を抱えて立っていた。

「えー。あー、プリン殿。まさかお前が助けに来てくれるとは思わなかった。感謝する。これは、礼の品だ。季節限定？　らしい。店主に聞いたらこれがいいだろうと」

それはどうやらヴィクトリアへの贈り物、らしい。あまりこの手のことに慣れていないのか、少しぎこちない。

（あらあら……ヴィクトリアも隅に置けないわね）

つまりこのハインリヒなる騎士は、どういう経緯か、魔術師プリンの知り合いのようだ。

「生菓子なので早めに食べてくれということだ」

「分かってる。ありがとう」

だが、ぶっきらぼうに差し出された箱を受け取るヴィクトリアは、笑顔。

「……うむ。まあ、確かに届けたぞ。ではな」

笑顔を見てハインリヒは照れたのか、少し顔を赤くして扉を閉め、足音を立てて去っていく。

「……で、それはなんなの？」

足音が聞こえなくなるのを待ってから、ロレッタがヴィクトリアに尋ねると。

「店主のおすすめの『プリン』。卵のお菓子。とても、とても美味しい」

箱の中身を早速とばかりにのぞいていたヴィクトリアが答え、そしてちょっと考えて、言葉を続ける。

「……今日は、冬の箱を持ってきていないから、一緒に食べない？　ロレッタ」

何でできているのか、羽の生えた犬の魔物の絵が描かれた、妙に白い箱。

うっすらと冷気を漂わせているそれの中に、『プリン』なるお菓子が入っている、らしい。

（というかプリンって……）

そう思いながら、今は流浪の冒険者魔術師『プリン』という偽名を名乗っている友人を見る。

公国の言語にプリンなる言葉はないので適当に付けただけだと思っていたが、どうやら出どころは、ここだったたようだ。

「まさかエビ……ハインリヒがこういうところに気が回せるとは思わなかった」

そして、先ほどのやり取りを見るにヴィクトリアとハインリヒは顔見知り、くらいの関係ではあるようだ。

まだ二十代であり城に伺候（しこう）することも滅多にないであろう若い騎士と、表には出てこないもうすぐ四十歳の姫君との間に、どこでそんな接点ができたのかは分からないが。

そんなことを考えているロレッタの前で、丁寧に箱が開かれる。

「美味しいんだよ。プリンって」

箱の中には、透明な硝子（ガラス）の器が二つに、よく分からない白いもの。そして、何やら見たこともない素材に入ったなにか、が見える。

言葉からして、硝子の器に入っているのが、プリンという食べ物だろう。

そんなふうに思うロレッタに、ヴィクトリアが何かを手渡してくる。

「これは……匙(さじ)？　何でできてるの、これ」

自然に受け取り、魔術師の癖でどんなものかを観察しだしたロレッタが、首を傾(かし)げた。

このプリンという菓子を食べるための匙であるのは分かる。ずいぶんと小ぶりに作られたそれは、この小さな器から中身を掬(すく)い上げるにはちょうどいい大きさだ。

だが、何でできているのかは全く分からない。

(この透明さは硝子(ガラス)、水晶……でもそれならもっと冷たいはずだわ)

匙の向こうが、透けるのを通り越して完全に見えるほどの透明さを持ちながら、その匙は硝子や水晶のような重さや冷たさを感じさせることはない。

むしろ木でできた匙よりもはるかに軽い。少なくともロレッタの知識に似たようなものはなかった。

「……これ、何でできているの？」

「分からない。前に師匠が店主に聞いたら、プラスチックとやらでできているって言ってたらしいけど」

……聞いたことのない物質だった。

困惑を深めるロレッタに対して、ちょっとおかしそうに笑いながら、ヴィクトリアは本日のメインを取り出す。

硝子の器に入ったそれを。

「これが、プリン……秋の季節限定なら、多分モンブランプリン」

ヴィクトリアが愛してやまぬ菓子を友人に渡す。

「プリン……」

思わず受け取る。

ヴィクトリアの偽名。

（初めて見る食べ物だわ……）

透明な器に詰められたそれは、横から見れば綺麗に層が分かれていた。

瓶の底には真っ黒なもの、その上の黄色い部分が器の大半を占め、さらにその上には茶色の何かが載せられている。

（普通に美味しそうに食べてるわね……）

ヴィクトリアの様子を見るに、食べても大丈夫なのは間違いないだろう。

ヴィクトリアは、とてもとても美味しそうに食べている。

それを見ていると、自然と食欲がわいた。

（せっかくだもの。いただきましょうか）

元より世の理を解き明かさんとする魔術師は、好奇心が強いのだ。

ロレッタとて人並み以上の好奇心は持ち合わせている。

早速、ヴィクトリアにならって器を覆っている紙を取り、蓋を開ける。

(匂いは……特にないわね)

軽く匂いを確認して、上の茶色い部分をひと匙、掬う。

どうやらその下の黄色い部分に載せられているそれは、何かの木の実が混ぜられているようだ。

さらにその上には積もりたての新雪のように白いものがまぶされている。

その整えられた形は、確かに本職の料理人がかかわっていることを感じさせた。

(……ん)

ひとしきり観察した後、口へと運ぶと、濃厚なクリームの味が舌の上に広がる。

木の実特有の、少しだけ粉っぽい渋みが混じった甘いクリーム。

普段口にする菓子よりは甘さは弱いが、その分木の実の味がよく分かる。

(ああ。これはマローネね)

その味に記憶があるロレッタは、少し考えてマローネだと気づく。

丹念に潰して砂糖を混ぜ込んだのであろうか。なめらかな口当たりで、このクリームだけでも十分に美味だった。

それを十分に味わった後、その下の部分、黄色い部分へと手を付ける。

(不思議な感触ね)

黄色い部分は、卵と、乳だろうか。液状でこそないものの、とても柔らかく、簡単に崩れる。

金属や木の匙と比べても脆そうなプラスチックの匙がずぶずぶと潜り込んでいく。

それで今度は黄色い部分を掬い上げて、口へと運ぶ。

（ん。柔らかくて、冷たくて……甘さはどんなかしら）

食べてみて、舌の上で吟味する。

甘さが強めで、しっかりとしている。噛むまでもなく勝手に口の中で崩れていくほどの柔らかさは、癖になりそうだ。

（材料は、卵、乳、砂糖。これに香りづけの香料に……すり潰したマローネを加えている感じね）

なるほど、材料は分かった。そういえば最近宮廷料理には『公子様のお気に入り』などと呼ばれる卵菓子があるというが、それだろうか？

出どころにも、心当たりは、ある。

「……プリン部分はそれだけでも美味だけど、モンブランプリンなら上のクリームと一緒に食べると美味しい。あと、下のカラメルはその後」

……ことプリンなるお菓子については先達であるヴィクトリアの言葉に従い、今度はひと匙にプリンと、プリンの上を飾るクリームを一緒に乗せ、口に運ぶ。

「……まあ。ずいぶんと印象が変わるのね」

それだけで、先ほど食べた双方の良さが引き出されたことに感動すら覚える。

ほんの少しだけ渋みがある甘さを抑えたクリームを、柔らかな卵の風味と甘さをもつ黄色い部分が受け止める。

そうすると不思議とマローネの風味も、プリンに使われている香草の甘い香りも広がるのだ。

同時に二つのものを食べさせる菓子。それも硝子(ガラス)の器に詰められたもの。

(本当に、不思議なお菓子)

そう思いながら手を止めず食べると、匙(さじ)がプリンの中身を掘り進み、底に当たった。

「あら……奥から黒いものが……」

匙がプリンを突き破った瞬間、その切れ目から黒みが強い茶色い汁が湧き上がってくる。

突き破ってできた穴から染み出すようにあふれた黒い汁が、底の部分を染めていく。

(この底の部分の汁、一体どんなものかしら……?)

ロレッタは匙の先端を汁につけ、その汁を舐(な)めてみる。

その汁は砂糖をベースにしたものらしく、今までのものの中では特に甘みが強い。だが、隠しようもなくわずかな苦みを含んでいる。

（甘いのに、苦い……？　もしかして、砂糖の汁を焦がしたもの？）

少し考えて、ロレッタは正解を引き当てた。

普通のお菓子だと失敗作といわれてもおかしくないものだが。

（意外と美味しいわね……プリンとも合う）

優しい甘さしか持たないプリンと合わせると、その砂糖の汁はまた別の魅力を見せた。

プリンの柔らかな風味が茶色い汁の強い甘さを抑えて、しかし茶色い汁のおかげで、プリンの持つ風味も強調される。


この茶色い汁とプリンはとても相性がいいのだ。

「どうだった……？」


食べ終えたところで、先に食べてしまってずっと自分を見ていたらしいヴィクトリアと目が合い、ロレッタは苦笑する。

その目に宿るのは、美味しいと思ってくれているであろうという信頼と、受け入れられなかったら、という不安。

「美味しかったわよ。とてもね」

だから、ロレッタは正直に答えた。

「よかった。ロレッタならきっと分かると思ってたけど、その通りだった」

ヴィクトリアが安堵(あんど)の笑みを見せる。

そんなヴィクトリアの、これからの戦いを不安に思わぬような笑顔に。

（モスマンの退治はきっとうまくいくわ）

そんな確信を、ロレッタは抱いた。

第百十二話　天津飯（てんしんはん）

ねこやビルの三階は、店主の住居になっている。

昔……先代が生きていた頃はまだ別に家もあったのだが、店を継いでからは帰るのが面倒だったこともあり、店のビルをそのまま家にした。

寝室と、しばらく物置としていた、今はアレッタが泊まっていく部屋。

色々と試してみるための小さめのキッチンに、トイレ。風呂は店にあるシャワー室を使っている。

元々が帰るのが面倒な時などに一晩仮眠するような場所だ。ずっと暮らすことは想定していない作りではあるが、料理以外に趣味らしい趣味もない店主には、さほど問題にはなっていない。

そして、ことの始まりは日曜日。一週間のうちで唯一店を開かない休日のことであった。

その日曜日、朝飯を食べてアレッタを帰した後、店主は部屋の掃除をすることにした。

(しばらく、掃除も片付けもしていなかったからな)

姪っ子に、土曜日に店が終わってからアレッタが仮眠できる部屋が必要と指摘され、元は先代や自分の仮眠室だった場所にアレッタを泊めている。

つまりアレッタ用に明け渡したので、別に自分の部屋を用意する必要があった。

店主が新しい自分の寝室に選んだのは、先代が書斎代わりに使っていた部屋だ。

日焼けで黄色くなった古い本の他に、若いころのばあさんや子供……つまりは店主の親が写っている写真が少々。

なんだか自分がいじくりまわすのも悪い気がして、先代が死んでからは、適当に本や物を入れておく部屋になっていたのだ。

うっすらと埃を被ったそれらを片付けて、掃除をする。

……そうして掃除をしていくうちに、それを見つけた。

「……なんでこんなもんが?」

買った覚えのない缶詰を見つけ、店主は首を傾げる。

紙のラベルが巻かれた金色の、大きめの缶。

おそらくはお高いもので、つまりは店の仕入れで買うようなものではないし、一人で食うには少し多く、店で出すには少なすぎる。だから多分、自分で買ったものではない。

「こりゃあ……蟹かあ」

缶詰のラベルを見て、それが何かを確認する。

店ではほとんど使わない食材の缶詰であった。それもかなり高級な類のものだ。

出されるとしたら、ねこやよりも高級な店の料理か、あるいは何かの貰い物か。

「確か……レオンハートのマスターから貰ったやつだったか」

それらのヒントをもとにしばらく考えて思い出す。

確か二年ほど前に、お中元だかお歳暮だかでたくさんもらったとかで、そのおすそ分けと言われて渡されたものだ。

その後、そのうち食べようと思ってしまいこんで、忘れていたのだろう。

そう思いながら見てみれば、なるほど、製造日が二年と少し前になっている。

「……早めに食べたほうがいいな」

缶に記載されている賞味期限は、この二年で大分近づいていた。

さてどう食べるのが一番いいかと考えて……店主は結論を出す。

「来週の土曜の賄い、だな」

店で働く二人の顔が頭をよぎる。作るメニューは、メインの素材が蟹ならば……

「天津飯、だな」

かつて修業した店の名物料理の一つが頭をよぎり、思わず口に出す。

かくして、次の土曜日の賄い（まかない）が決まった。


翌週の土曜日。

午後九時の閉店時間が過ぎて、最後の客を送り出し、掃除を終えれば、賄いが出来上がるまでは自由時間になる。

早希とアレッタの二人は店主が賄いを作っている間、しばしおしゃべりの時間となる。

「お疲れさん、今日も忙しかったね」

店主が料理する音を聞きながら、まずはねぎらいの言葉を交わす。

ここ数カ月で、大分アレッタは打ち解けてきた。お互いに敬語なしなくらいには。

「お疲れさま。本当に今日も大変だったね」

ここ数年、アレッタはこの異世界食堂で働いてきた。相変わらず土曜日は忙しい。

朝、店を開いてからすぐはまだ余裕があるが、昼時に来る多種多様な客に、主にお茶やお菓子目当ての昼下がりの客。

夕刻が近づけば一日の仕事を終えた客が酒とつまみになる料理を頼み、完全に夜になるあたりでは、がっつり酒や飯を楽しむ客。

一日の最後に、ビーフシチューの大なべを丸ごと一つ抱えて客が持ち帰るまで、気の抜ける時間は休憩時間くらいだ。

　だからこそこうして一通り仕事が終わった後は、達成感と疲れが入り混じり、解放感に浸れる貴重な時間だ。

「平日はお昼以外はそこまで忙しくないのに、土曜日は本当に別物って感じ」

「え。そうなの？」

　だから、漏らされた早希の言葉にアレッタは驚いて声を上げる。

　ヘージッというのが、異世界食堂がやっていない日、ドヨウとその翌日の休日以外の日を指すことは知っている。

　着替えをする更衣室にも、アレッタが貸してもらっている物入れと全く同じものがたくさん並んでいるのだから、他の異世界人もここで働いているということも知っている。

　だが、アレッタの知り合いと言ってもいい異世界人は店主をはじめとして数人程度。

　ヘージッは具体的にどういうふうなことになっているのか……アレッタは知らない。

「まあね。って言っても平日は厨房もホールも人の数が違うし、ここまで色々な料理は出さないから……まあ、お昼時はすごい数来るけど」

「……ドヨウの日よりすごいの？」

　お昼時の異世界食堂の混み具合を思い出しながら、アレッタは驚いて聞き返す。

　あれよりすごい……店の椅子が全部埋まるほどの数になるのだろうか。

「うん。うちって近くの会社のサラリーマン相手だから、お昼休みは本当にたくさん来るんだよ。相席お願いして、それでもちょっと待ってもらうくらいかな。私は平日の昼は講義がない曜日に手伝うくらいだけど、それでもきついもん」

「そうなんだ」

店主と同じ異世界人であり、普段は『外の世界』で暮らす早希から聞かされる話は、本当に驚くことばかりだ。

本当にいろんなことを知っているし、見ていることを羨ましいと思う。

「……そう考えると、叔父さんは本当にすごいね。土曜日も私が少し厨房を手伝うくらいでずっと一人で回してるし」

そうして話しているうちにふと、店主の話になった。

最近は、下処理などの簡単なところは早希も任せてもらえるようになったが、仕上げはすべて店主がやっている。

その手際は鮮やかで……早い。

「うん。本当にマスターはすごいと思う」

そのことは、料理は文字通りの意味で素人であるアレッタにも分かっていた。

単に煮たり焼いたり切ったり以上の料理なんて、お貴族様のお抱えになれるようなすごい人じゃないとできないのだ。

だからこそ、毎回の賄いも、どの料理も美味しいわけで……

「今日は何が出るのかな……」

「中華鍋使ってるし、朝、もらい物のお高いカニ缶見つけたから晩飯期待しとけって言ってたじゃん？　だから、かに玉とかその辺かな」

思わず、といった感じで漏れたアレッタの呟きに、ガシャガシャと鼻歌交じりで料理を作っている店主の方を見ながら、早希は答える。

「そういえば言ってたね……カニもカンヅメもなんのことかよく分からないけど」

「あ、カニはなんていうか……こう、大きなハサミがある、海の生き物というか、えっとお店でいうと、エビの親戚？　みたいなやつ。んで缶詰はほら、金属のカンカンに、食べ物入れて腐らなくしたやつだよ」

そういえばアレッタは異世界の人なので、こっちのことにあんまり詳しくないことを思い出しながら、一応説明する。

我ながらあやふやで怪しげな説明で、伝わっているかどうかはいまいち分からない。

（なんていうか、考え方とか全然違うから説明難しいんだよね）

アレッタは海を見たことがないらしいし、話を聞く限りこっちとは事情が色々と違う。

学校にも行ったことがない、というより、アレッタみたいな子が行く学校がそもそもなかったようだ。

だから、彼女の知識にないものを説明しようとすると、結構難しい。

それは早希本人が教えられるほどに色々なことに詳しくないから、というのもあるが。

「そっか。カニ、はエビと同じ海の生き物で、カンヅメは腐らない保存食なんだ……教えてくれて、ありがとう」

だから、はにかみながらお礼を言われると、こそばゆい。

そもそも早希自身、あまり詳しいことは知らない。

色々食べた経験から、異世界のお客さんにおススメ料理を教えることはできても、それ以外の知識となると、あやふやなものも多い。

(勉強、しないとなー)

知識の大切さを考えていると、店主から声がかかる。

「賄い、できたぞ。席に着いてくれ」


その声に二人はおしゃべりを中断して、いそいそと席に着くのだった。

大きめの白い皿にこんもりと広がり、ところどころに見える白や赤、緑に、黒の具材。

様々な色合いが混じっているのが見える黄色い山。それが今日の賄いだった。

「これ……オムライスですか？」

その料理の見た目から、アレッタは似た料理を思い浮かべる。

あの、蜥蜴の顔をした人……アレッタのもう一人の雇い主であるサラによれば、リザードマンという魔物らしい、が好んで食べている料理だ。

先ほどの早希との話からすると多分、カニという食材を使った料理なんだろう。

「まあ似てるが、ちょっと違う」

そう言いながら、小鍋を持ってきた店主が最後の仕上げとして、鍋の中で作ったソースを掛ける。

ほんの少し赤みを帯びた、とろりとしたソースが黄色い卵を包む。

ふわりと、いつもの料理とは違う香りが漂ってきて、お腹がきゅう、と鳴る。

「天津飯だ。作るのは久しぶりだが、美味いぞ」

昔、修業していた店の人気料理の一つだった料理の名前を、少しだけ懐かしそうに店主が言う。

「へえ。天津飯か……あんまり食べたことないから楽しみ」

早希も目の前の料理に思わず笑みをこぼす。

それから、三人がそろったところで。

「「「いただきます」」」

三人で、声をそろえて食事を開始した。

アレッタはいつもの銀の匙(さじ)ではない、白い陶器でできた大ぶりの匙を手に取り、目の前の料理を見る。

（やっぱりオムライスみたい）

ここで働いてはや数年。色々な料理を客に運んできたし、賄(まかな)いとして食べてきた。

その経験から、目の前の料理がライスと卵を使った料理だと分かる。

だが、オムライスの味付けに使うケチャップはこんなに透き通っていないし、色ももっと鮮やかな赤だ。

（どんな味なんだろう）

とりあえずひとしきり天津飯(てんしんはん)を見てから、アレッタは黄色い卵に、匙を沈める。

完全に固まらない程度に外側が焼かれた、いかにも柔らかそうな卵が匙を沈めたことで裂け、掬(すく)い上げられる。

とろみを帯びたソースにどっぷりと浸されたそれを口に運び……食べる。

(あ、これいろんなものが入ってる)

その一口で、アレッタはオムライスとテンシンハンの違いに気づいた。

卵にさまざまなものが混ぜてあるのだ。

ぷりぷりとした食感のキノコに、しゃくしゃくとした縦に細かく刻まれたタケノコ。

しゃりしゃりしたネギが、卵に強い風味を与えている。

普段ねこやで使っているソースよりも大分柔らかな味付けの、ショーユの味と少しの胡椒の辛さ、そして甘酸っぱい風味を持ったソースが、淡い味付けの卵によく合う。

そして……

(なんだか、甘い……？)

その卵の中でひときわ存在感を放つ、柔らかな、甘みを含んだ肉の味。

それをアレッタは食べたことがなかった。

肉とも、魚とも、そしてもちろんシュライプとも違う。

どこまでも柔らかく、噛むたびに美味しい味を出してほぐれていく。

(あ、そうかこれが……)

「うん……なんか蟹とかすごく久しぶりに食べた気がする」

隣で同じように食べていた早希が感想を漏らす。

「オレもだ。うん、我ながら上手くできた」

店主も自分で作ったテンシンハンを食べながら満足そうに頷(うなず)いている。

そんな二人を見ながら、アレッタはさらに匙(さじ)を進める。

美味しい卵焼き、黄色いそれを突き抜ければ、現れるのは、白いご飯。

炒飯(チャーハン)などとは違い、味付けはされていないご飯。

それだけだとアレッタには少々味けなく感じられたが、その上にとろりとしたソースを掛けられた卵焼きが載せられているのならば、話は別である。

ソースに浸されて味の染み込んだご飯を卵焼き部分と共に食べれば、それは十分にごちそうだった。

ほふほふと、まだ熱い天津飯(てんしんはん)を食べ進めていく。全員無言だ。

それは、深夜の異世界食堂にはよくある光景であり、同時に幸せな時間であった。

第百十三話　アヒージョ

西の大陸の北の果ての白い大地は、いずれの季節であっても凍(い)てついた雪と氷に覆われている。

遥(はる)か昔に、魔法の暴走によってこうなったと言われ、草木も生えず、血の通った生き物は暮らせぬかの地には、俗に『雪女(ふらう)』と呼ばれる存在が住みついている。

彼女らはかつてこの地を支配していた森賢人(えるふ)が残した魔法生物であり、およそまともな生物では暮らすことができないこの地の、支配者である。

雪と氷に含まれる魔力を糧(かて)に生きる彼女らは食事を必要としないし、たとえどんな凍てつくような寒さの中にあっても凍(こご)えることはない。

時に吹雪(ふぶ)く風に乗って文字通り空を駆け、雪と氷の魔力を込めて触れれば、どんなものでもたちまちに凍り付く。

それは彼女ら自身の身体も一緒で、半端な攻撃を受けても、あっという間に傷口が凍って塞がるのだ。

見た目こそ少女や女性である彼女らはまた、人間たちにとっては敵対すれば鬼(おうが)にも匹敵する強敵なのだ。

そんな彼女らの中には、他の大地にも雪と氷が満ちる真冬の間だけ、人間のフリをして南に下り、人と交わる『遠征』を行う者たちがいる。


北の地では手に入らぬ物を求めるため、楽しみのため、子を生(な)すため、愛する人間に逢(あ)うため、理由はさまざま。

雪や氷があれば半森賢人(はーふえるふ)にも匹敵するほどに長生きだが、雪や氷がない場所では一年も生きられぬ彼女らにとって、南の方にある人間の国が雪と氷に覆われる時期は、楽しみな季節なのである。


彼女らは雪と共に南に移動し、雪解けの前に北へと戻る。

また一年、次の冬が来るまでの間を雪と氷に覆われた北の大地で過ごすのである。


「じゃあ、またね」

「うん。また」

数カ月ぶりに戻る白い大地で、サユキはともに戻ってきた友人と、故郷で別れの挨拶(あいさつ)を交わす。

冬の間、人間の国にいる間は気の合う友人として共に過ごしてきたが、この白い大地では必要ない。彼女たちの糧となる雪と氷に年中覆われ、逆に生きるものが極端に少ないこの地において、彼女たちは絶対的な強者だ。

生きるために群れを作る必要のない彼女らは、それぞれの生き方に忠実だ。

孤独や寂しさを嫌い、同じ雪女同士で集落を作って暮らす者がいる一方、そのような関係が煩わしいと、一人で暮らす者もいる。

サユキはどちらかというと一人を好む性質であった。

「……さてと」

友人と別れ、辺りはもう見慣れた白い世界。

懐かしい我が家に戻る前に、寄りたいところがある。

「えっと、何日待てばいいのかな？」

あそこは確か、七日に一回現れるはずだ。といっても前回行ったのは一年くらい前なので、それから何日たったかは数えていない。

「……まあ、いっか。出てくるまで待てば」

人間と交流した楽しかった冬も、終わりに近い。次の冬までこの退屈な故郷で暮らすしかない。

その時間を思えば、ほんの数日待つくらいはどうということはない。

サユキはじっと待った。猫の絵が描かれた黒い扉が現れるのを。


「あ、出てきた」

結局いつもの場所に黒い扉が姿を現したのは、それから二日後のことだった。

風を遮ることもできない、純白の山肌にポツンと現れた黒い扉。

一度雪崩に巻き込まれたのを見たことがあるが、それでも傷一つつくことのなかったそれは、異世界に繋がっている。

「準備、準備っと」

身体から冷気を逃がさないように、しっかりと外套を羽織り、帯で止める。これで『あれ』を食べるくらいは耐えられるだろう。

異世界食堂。あの場所は……酷く暑い。

サユキ以外の雪女は暑すぎると嫌がるし、サユキだって入るときはいつもちょっとだけ勇気がいる。

「えいっ」

太陽が真上に達するのを待ってから、意を決してサユキが扉を開くと。

チリンチリンという音と共に、この北の大地には似つかわしくない熱気が溢れてきた。

ひょう、と冬はまだ終わっていないぞ、と告げるような冷たい風が洋食のねこやの中を吹き抜ける。

その気配で、何人かの客と、給仕らしき娘が驚いた顔でこちらを見たのに気づき、少しだけ恥ずかしくなる。

普段は、同族か、冬の間に訪れた南の異国の民とほんの少しだけ触れ合う程度だから、見られることにあまり慣れていないのだ。

その視線から逃れるように、店の隅の方……少しだけ熱気の弱い席へと座る。

「……あの、いらっしゃいませ。お久しぶりですね」

無言で席に座ったサユキに少し遅れ、金色の髪を持つ給仕が話しかけてくる。

確か数年前からこの店で働いている給仕だ。年に一度くらいしか顔を合わせないが、自分が冬の風をまとってくるので顔を覚えられているのだろう。

「ええ。お久しぶり……早速だけど、注文いい？」

そういう顔見知りが、雪女以外にできたことを喜びながらも、サユキは尋ねる。

迷いはない。ここに来る前から、何を食べるのかは決めていた。

「はい！　ご注文をどうぞ！」

　笑みを浮かべる給仕に、一言。

「アヒージョを。付け合わせはパンで」

　この店で、一番『熱い』料理だ。


　頼んだ料理が届くまで、相も変わらず暑い店内でサユキは料理が届くのを待つ。

（相変わらず、人間の家の中より暑い）

　この中は、サユキには酷な暑さになっている。しかしそれは、この地を訪れた人間や魔物が快適に過ごせる暑さなのだろう。

　みな、上着を脱いでいたり、部屋着のような服装をしている。

　それを横目で見ながら、サユキは分厚い上着を脱がない……体内の『冷気』を逃がさないためだ。

　雪女(ふらう)の体温は、とても低い、それゆえに服を着込むことである程度『暑さ』に耐えられるようになる。

　耐えられるようにはなるが、それでもこの店は極寒の雪の大地と比べればあまりに暑い。

先ほどの給仕が持ってきた、冷たい氷入りの少しだけ酸っぱい水を飲む。

サユキの基準では熱くも冷たくもない水。だがこの暑い部屋ではのどに染み込む美味さに思える。

（汗が……出てくる）

服の下ではじんわりと身体から出た汗が体温で冷やされて氷となり、身体をさらに冷やそうとしていた。

普段暮らしているときには滅多に出ないものだが、不思議と不快感はなく……むしろ気持ちよさすら感じる。

（みんなは、こう暑いのは辛いって言ってた、けど）

ここに誘った雪女は、ここをあまり好まなかった。料理は悪くないのだが、あまりに暑いためだ。

昔、あの極寒の大地の地下にできたお湯の泉に落ちて、あっという間に溶けて死んだ雪女がいたという話を聞いたことがあるし。

雪のある季節のうちに南の国から戻り損ねて、次の冬まで生きられずに果てた雪女がいたという話も聞いたことがある。

暑いというのはすなわち、雪女にとっては死に繋がる危険なものだ。

だから、それを多少なりとも心地よく感じるサユキは、少しおかしいのかもしれない。


「お待たせしました。お料理をお持ちしました」

そんなことをつらつらと考えているうちに、先ほどの給仕とは違う、黒い髪の、南の国の人間のような顔立ちの給仕が料理を持ってくる。

木でできた皿の上に、黒い鉄の器が置かれている料理を
「熱いんで気を付けてくださいね。食器に触るとやけどしますよ。それじゃ、ごゆっくり」

それは分かっている。だってそれは、この部屋の暑さなどはるかに超える、焼けた石の熱さを持っているのが見ただけで分かる。

その皿の上では鮮やかな色合いのしゅらいぷと、サユキが名前も知らない野菜の数々がぐつぐつと煮えたぎっている。

緑の香草が散らされた黄金色の油の上に、赤、緑、茶色、そして夕焼け色の食材が浮かんでいる鮮やかな色合いの料理だ。

そのメインとなるアヒージョのすぐ隣には、茶色く光る焼けたパン。

そして、その傍らには氷入りの水。この組み合わせがサユキのお気に入りである。

（さて、まず最初の一口から……）

こくりとつばを飲み、銀色に光る匙(さじ)を手に取って、黄金色の油にくぐらせる。

匙の上には、緑色の香草が散らされた黄金色の油に、夕焼け色の輪を作ったしゅらいぷ。まだ熱いそれを、そっと吹く。

吹く息が弱すぎれば文字通りの意味で舌が溶けるほど熱く、強すぎれば冷え切って凍り付いてしまう。

火傷(やけど)するかと思うほど熱く、そして実際に火傷しないほどには冷めている。

その加減が最もおいしく食べられる熱さであることをサユキは知っている。

（……よし）

一口食べて、満足する。

人間の食べる麦でできた薄い衣をまとい、熱い油で煮られたしゅらいぷは柔らかくプツリと切れる。しゅらいぷのまとった衣から出るのは、煮るのに使われた油の風味。

赤いとがらんの輪切りから出た辛さと、細かく刻まれて混ぜ込まれた白いがれおの辛さ。

その二つが油に独特の風味を与え、しゅらいぷの身から出る旨(うま)みと共に溢(あふ)れ出す。

ほう、と思わず、がれおの独特の香りを孕(はら)んだため息が出る。

ああ、そうだ。この最初の一口こそが、アヒージョの醍醐味だ。

そう思いながら、再び匙を沈める。

続いて拾い上げたのは、淡い緑色の茎に濃い緑色の傘を持つ茸のような形をした野菜。

サユキの故郷では見ることすらできない、柔らかく煮込まれたそれは、口の中で簡単に崩れていく。

その柔らかさと新鮮な植物が持つ風味が、同時に広がっていく。

それは、人間が食べる、サユキの知る『野菜』のような苦みや強い塩気はない。

（ん。やっぱり野菜って美味しい）

そう思いながらまた拾い上げるのは、別の野菜。鮮やかな赤。油を帯び、天井からの光を受けて磨いた石のように滑らかに光る。

こっちは口に含むと、少しだけ酸味がある。ぷちゅりと潰れて、酸味と油の風味が混ざり合うのだ。

先ほどの緑の野菜とは違うが、こちらも美味だ。どちらが美味いか、そう問われれば困る美味であった。

そして最後は茸。雪と氷に覆われた大地でも、わずかに地下などで見かけることもあるものだ。

茶色くて、地味な色合いの茸ではあるが、その中には旨みが凝縮されている。

それが油を吸い込んで、独特の歯ごたえと共にサユキを楽しませた。

（ふう……まず、一口ずつ）

最初の一口は、それぞれの具材を一つずつ味わう。それがサユキの食べ方である。

そして、次に……パンを手に取る。

焼き立てから少したち、ほんのわずか冷めたパン。雪女の手にはまだだいぶ熱いそれを手でちぎる。

茶色い塊が割れ、白い中身が出てくる。

そのまま食べてもほんのり甘さがあるそれを……黄金色の油に浸した。

白い表面が瞬く間に油に染まり、金色になる。それを、そっと口に運んだ。

ほんのりとしたパンの甘さに、しゅらいぷと野菜の味が溶け込んだ油の味が染み込み、口の中に広がる。

その風味に満足したら、次はそのパンを台座にして上に具材を載せる。

「パン、おかわりお願い」

食べる前に通りかかった給仕に一言添える。どうせ足りなくなるのは分かっている。

（……熱い）

暑い部屋で熱い料理を食べ続けると、体がほてってくるのがわかる。

身体の中から温まっていく感覚。おそらく服の下は、滅多に流れぬ汗でびっしょりだろう。

それが心地よい。雪女の密かな楽しみは、皿の上の料理がすべてなくなるまで続いた。

お金を払い、外に出ると、いつものように吹きすさぶ吹雪がサユキの身体を撫でる。

普通の生き物なら死すら覚悟させる、されど雪女にとっては生きるのになくてはならぬ冷たさ。料理と店で温まった汗だらけの身体が、見る見るうちに冷えていく。

（ああ、心地よい……）

汗まみれになった服を脱ぎ捨てながら、深く呼吸すると、清冽な雪と氷の精気が肺を満たす。

その空気こそが、この店を訪れたときの、サユキの最後のごちそうであった。

第百十四話　チキン南蛮

リディアーヌが殻を突き破ってこの世に這い出てきたとき、母親は既にいなかった。

家族と呼べるのは血のつながらない父親だけで、彼は冒険者が持ち込んだリディアーヌの卵を買い取った魔術師だった。

魔術師の研究所であり家でもあった塔と、その周りに広がる森。それがリディアーヌの知る、世界のすべてだった。


父親が色々と足りないものを手に入れるために数日かけて街へ出るとき、留守番を任されるリディアーヌは、寂しいと思うこともあった。

だが父親には、幼いころから塔から出てはいけないと言われていたし、子供の頃、頑張って森を出て近くの村に一人で行って、悲鳴を上げられ、武器を持った大人に追い回されたこともある。

そのことをきっかけに、自分とは何なのかについて知識を深めていくうちに、その理由を理解した。

塔には父親が長い時間をかけて集めた書物がたくさんあり、その中にリディアーヌが街へ出てはいけない理由も書いてあったのだ。

人間の女の身体と、蛇の尾を併せ持つ邪悪な魔物、ラミア。彼女らは人を襲い、男とまぐわい、そして食い殺すという。

人間を食べたいと思ったことはなかったが、脚の部分が黒い蛇である自分は、どうやらラミアであるらしいと気づいたのはいつごろだったか。

それからは、真面目に父親の研究を手伝いながら、ひっそりと暮らしてきた。

父親は数百年の時を生きるハーフエルフだったし、きっと自分より長生きするだろうから、この生活はリディアーヌが死ぬ日まで続く。

……そう思っていたのに、父親があっさりと風邪で死んでしまったときは途方に暮れることになった。

幸い、自給自足で暮らせるようにわずかながら庭で作物を育て、鶏（にわとり）を飼ってきた。

当面は塔の中で今まで通り暮らすこともできる。

だが、それはずっとではない。

これまでだって年に数日、父親が村や街に行って、森で取れた薬草やそれを調合した自作の薬、魔術を宿した石や紙などといった品々と交換で、この地で手に入れるのは難しい塩や布、鉄の道具などを手に入れていた。

しかし人間の世界を放浪して、生きる術と人間との付き合い方を知っていた父親と違い、リディアーヌにはそんな知識も経験もない。

いずれは魔物と恐れられるラミアと同じく獣のように暮らすか、人間に追われ、狩られる未来しか見えない。

頭の良いリディアーヌ自身が悟ったその事実が、リディアーヌの心に暗い影を落とす。

彼女は、本に書かれていたこと以外、何も知らないのだ。人間の世界のことも、魔物の世界のことも、時々庭に現れるようになった謎の扉のことも。

——そして、いつか来るであろうと覚悟していた日が来てしまった。

きっかけは、ケインの師匠からの紹介だった。

旅立ちの際に、師匠が知っている大陸の賢者や隠者の一人について、聞かされた。

詳しい事情までは知らないが、その人は自分の師匠の師匠の友人にあたるハーフエルフの魔術師で、既に百年は生きている。

さらに彼は、田舎に塔を建てて引きこもる道を選んだ隠者であるが、数々の魔術や知識を持つ素晴らしい魔術師だという。


この大陸の各地には、研究のために俗世のわずらわしさを避けて、人のほとんどいない辺境の地に自分の庵（いおり）や塔を建て、自給自足で暮らす魔術師がいる。

それは、大半がたとえどんなに優れた技術や家柄のある魔術師でも、人間の世界にいる限り出世の道がないハーフエルフであるためだ。

このまま自分より年下で、実力も劣る人間と共に俗世で暮らすことに、価値を見出（みいだ）せなくなった者だ。


彼らは邪魔の入らぬ地で、自らの魔術をさらに磨いて暮らす……

そういう人たちを訪ね、技術や知識を交換するのもまた、魔術師が危険な旅に出る理由の一つである。

元より幼馴染であり、今は冒険者となったケインとジャックとテリーの男三人、急ぐ旅でもない。

そんなわけで今回は彼らと共にその魔術師を訪ねることにしたのだ。


「つまりその人に会って、色々教えてもらうってことか？」

「うん。そのつもり。だけど……」

歩く道すがら、村で一番体力があり悪ガキだったジャックの確認に頷きながら、昨晩泊まった村で聞いた話を思う。

今、訪ねようとしている魔術師らしき人は、毎年祭りの時期になると村に下りてきて、色々なものと物々交換して必要なものを手に入れていたらしい。

だが、去年は姿を見せていないという。

「もしかしたら、死んでるかもしれない、と？」

言い淀むケインの言葉の続きを、村長の息子の一人で剣術を習っていたテリーが紡ぐ。

「うん。こういう辺境の地に住む魔術師だとね……辺鄙な魔術師の家を訪ねるときは、その『遺産』にも注意しろって師匠も言ってた」

優れた魔術を修めた魔術師と言えど、怪我や急な病、老いなどで死ぬことはままある。

そして、そうなったときに残るのが既に死んだ魔術師の亡骸だけとは限らないのもこの世の常というわけで。

彼が用意していた、防犯用のゴーレムや研究用に育てていた魔法生物、異界から呼び出して使役していた悪魔、弔われずに放置されてアンデッド化したご本人。

魔術師の塔や庵にはそういう『遺産』が残されていることも珍しくないらしい。

「つまり、何がいるか分からねーってことか。腕が鳴るぜ」

「何か事情があり、たまたま村に出てきていないだけかもしれん。もちろん用心するに越したことはないが」

何度か冒険を経て、より戦士らしくなってきて不敵に笑うジャックと、慎重さを増したテリー。

その二人を頼もしく思いながら、ケインは言う。

「まあ、とにかく行ってみよう。行かなきゃ、何も分からない」

こうして三人は、魔術師の塔へと向かった。

深い森の真ん中に、その塔はあった。

大きな樹々に紛れ込むような、五階建てほどの塔。

石造りの土台の上に、木で建て増しがされた、簡素な建物。

塔の周囲は柵で囲われ、手入れがされた庭と、狐にでも荒らされたのか壊れてはいるが補修の跡がある家畜小屋が見える。

「なんかいるな、これ」

塔の前の庭を見て、ジャックが二人にぽつりと言う。

雑草が抜かれ、薬草らしき草が綺麗に植えられている。

農村の出身であるジャックの目から見れば、それはちゃんとした畑に見える。

雑草が生えるに任せたほったらかしの荒れ地とは、全然違うものだ。

「……ここの主殿が、たまたま村に姿を見せていないだけだったか？」

その言葉にテリーも同意する。

塔は古びてはいるものの、入り口は掃除されていて、誰かが住んでいるような気配がある。

少なくとも、誰も住むものがいなくなった廃墟には程遠い。

「いや、多分だけど魔術師の人は死んでると思う。それで命令どおりに動くゴーレムとか獣並みの頭しかない魔物じゃない何かが、いる」

ケインが気づいたのは、庭の片隅、目立たないところにひっそりと置かれた磨かれた石。

その下には土を掘り起こした跡があり、石には魔術師の名前が刻み込まれていて、さらに石の前には花が置かれている。

「きちんと埋葬して、お墓を作れるのなら、人間並みの知性があるはず……それなら、村の人々と交流しないのはなぜだ？」

村の人の話では、この塔には魔術師だけが住んでいたはずだ。

住みついたのが数十年前で、時折自分たちのような魔術師や冒険者が訪ねてくることがあったというが、妻や子供の類がいたという話はなかった。

「何か、表に出せない……っ!?」

がさり、という音がして反射的に三人ともそちらの方を見る。

「あ、うあ……」

そこには、水桶を担いでおびえた顔をした、美しい少女が一人いた。つば広の帽子をかぶった下から覗く、流れるような長い黒髪に白い肌。

足元まで隠れるような長いローブをまとい、腰には小さな杖を差している。

……だが、最も目立つのはそのローブの下から見える長い蛇の尾である。

少女の背丈よりなお長い蛇の尾。

それが彼女の正体を如実に表していた。

「に、人間……と、盗賊!?」

「ちげえよ！」

わたわたとしながら失礼なことを言う少女に、ジャックが思わず怒鳴り返す。

だが、客観的に見れば武装した男が三人。彼女から見れば確かに恐ろしい賊に見えても当然かもしれない。

「ひゃっ!?」

その言葉にびくりと体を震わせた後、少女は森の奥へ逃げようとする。

「ま、待ってください！　僕らはヨシュアさんを訪ねてきただけの冒険者です！」

「察するにこの塔の住人の方とお見受けする！　こちらは危害を加えるつもりはない！

……たとえラミアだとしても、だ！」

二人の言葉に、少女はピタリと歩み……うねりを止める。

どうやら正解だったらしい。

「ら、ラミアのこと、知ってるの……？」

警戒心を露わにこっちに向き直り、尋ねてくる。

その姿はおびえた小動物のように震えているが、同時に好奇心も感じさせた。

(多分この子はラミアがどう思われてるかは知っていて、討伐されるのを恐れている)

実際この状況でなかったら、討伐推奨なのは間違いない相手だ。

だが、ケインを含めた三人は知っている。ラミアとは……

「はい。危険な魔物だとは聞きますが、話が通じる人もいるのは知っています。おそらくは、貴女（あなた）もそうでしょう？」

多分、話が通じる種族である、と。

「は、はい！　そうです！　私、人を襲ったりはしない！　だから、その……」

必死に敵意がないことを示す少女に、ケインは言う。

「よければ話を聞かせてもらえませんか？　何か、力になれることもあるかもしれない」

「わ、分かりました。わ、私はリディアーヌです。お父さんと同じ魔術師で……こ、こんなところではなんですから、こちらへどうぞ……」

そう言ってゆっくりと、少し震えながらも三人に近づき……通り過ぎて塔の扉を開ける。

促すようにちらりと振り返って塔に入るのを見て、三人は頷（うなず）き合い、彼女に続いた。


塔に入ると、エントランスのど真ん中に黒い、猫の絵が描かれた扉が立っていた。

「あ、これ……その、最近現れるようになって。どういうものか分からないけど、触らなければ勝手に消えるから……」

少女……リディアーヌはその不審な扉について慌てて説明する。

何か、強力な魔術がかかった扉で、ほんの少し開けたら、扉の向こう側から光が漏れて、何かが複数いる気配がしたので慌てて閉めた。

それからは、興味より恐怖が勝って何もしていない。

「うわ。これ異世界食堂の扉じゃん。今日だったんだな」

「本当にどこに現れるか分からん扉だな。偶然か？」

「さあ……ただ聞いた話だと、新しい扉は魔力が強く集まる場所に現れることが多いらしいから、それでじゃない？」

この三人はこの扉についてなぜか詳しく知っているらしい。怖がる様子もなく、近づいてしげしげと見ている。

（ぼ、冒険者って大胆なのね……）


そのことに戸惑いと……少しの羨ましさを覚えながら、奥の居間へと案内する。

そこはあまり広いとはいえない部屋で、食堂も兼ねている。

大きめの卓に椅子が……一つしかない部屋だ。

「あ、ご、ごめんなさい！　私、椅子を使わないから……確かお父さんの書斎と寝室に椅子が……」

そのことに今更ながら気づいたリディアーヌが謝罪し、椅子を取りに行こうとする。

この塔では椅子を使うのは父親だけだった。

リディアーヌは普通の椅子だと座りにくく、とぐろを巻いて立っている方が楽だったのだ。

「いや、別に気にしねえよ」

「約束もなく訪れたのはこちらだ。気にしないでくれ」

「そうそう、立ったままでも平気だし」

初めての『お客様』に混乱しつつ応対しようとするリディアーヌを、フォローする。

「ご、ごめんなさい。お父さんを訪ねてくる人がいたときは、いつも隠れてたから……それで、どのようなご用件、でしょうか？」

どうやらリディアーヌはお客を迎えたことがないらしい。だが、教育が良かったのか、言葉には淀みがない。

それで人への対応に慣れていないのかと納得しつつ、ケインが言う。

「僕らはヨシュアさんと魔術について情報交換を、と思っていたのですが……お亡くなりになっているようですね」

「はい……一年ほど前に……ですが、私も魔術師としての手ほどきはお父さんから受けていますし、研究についても色々知ってはいます」

そこでいったん言葉を切り、じっとケインたちを見ながら、先ほどから感じていた疑問を口に出す。

「それで……もしよければお聞かせ願えませんか？　話が通じるラミア、について」

先ほどの会話で、チラリと出てきた存在。それはリディアーヌにとってはとても重要な存在だ。

ラミアは恐ろしい化け物で人間と相容(あいい)れないというのは、この世界の常識なのだから。

「どうって、まあ話をしたことはねーけど、普通に人間のにーちゃんと仲良さそうにしてるの見たしなあ」

「ああ。あの格好を見るに、おそらくラミアの方は貴人だろう。毎回違うラミアだったし、きっと大きな街や国の出だろうな」

「肌の色からすると、砂の国にいるラミアなのかな？　砂の国の人たちは肌が茶色くて変わった服を着ているって聞いたことがある」

だが、目の前の男たちにとって、「この世界の常識」は違うらしい。

当然のように、人間と馴染(なじ)んでいるラミアがいるという話をしている。

「えっと、どこで見たの？」

それはいったいどこにいるのか。

そこでなら自分も受け入れられるのかもしれない。

そう思って尋ねると、三人は一斉に塔の入り口……先ほどの、扉を見た場所を指して同時に言う。

「「「異世界食堂」」」

どうやらあの扉がその入り口らしいことは、リディアーヌにも分かった。

チリンチリンと鈴の音が響いて、扉が開かれる。

「え……？」

三人と共に扉を通り抜けたリディアーヌは、突然昼間の屋外のように明るくなったことに驚きながら目を細める。

扉の先は、窓がない部屋だった。

地下室のようだが、とても明るく空気も淀んでいない。

熱くも寒くもない快適な温度で、じめじめしてもいない。

……そして部屋の中にはたくさんの人と、人ならざる存在がいた。

（え、あれ、エルフと、魔物……？）

リザードマンにオーガ、セイレーン……魔物の研究家でもあった父の本で説明されていた姿そのままの存在が、ちらほらと見える。

噂（うわさ）に聞くラミアこそいなかったが、どれも恐ろしい魔物と言われている種族で、だが店内の人間はそれを気にする様子もない。

「いらっしゃいませ。ヨーショクのネコヤにようこそ」

その様子に驚き戸惑っていると、黒い髪の女性に話しかけられる。

変わった服装に、リディアーヌよりも大分黄色い肌。顔立ちもだいぶ違う。

彼女は一瞬だけリディアーヌの尾を見るが、特に気にする様子もなく続ける。

「こちら、初めてですか？」

「いや、俺らは何回かきてる。頼む料理も決まってる。こっちの子は初めてだ」

三人組の方は何度も来たことがあるらしく、慣れた様子で女性……多分この店の、料理を運ぶ給仕、という人に自分たちのことを告げる。

「はい、かしこまりました。お席にご案内しますね」

その言葉に納得したように、給仕は一つの席に案内する。

大きめの卓(テーブル)に、椅子は三つ。

よく見ると別の給仕が、椅子を一つ運び出してどかしている。

（ラミアへの対応、慣れているんだ……）

そんなことを考えつつ、とぐろを巻いて卓の前に立つ。

「えっとですね、こちらの料理は日本……まあ異世界のお料理を出すお店なんですが、味ですとか、食材ですとか、何かリクエストはありますか？」

リディアーヌが注文する準備ができたと見たらしい給仕が、どんな料理を食べたいかを聞いてくる。

「割とこの店、なんでもあるから……甘いお菓子や生で食べられるくらい新鮮な魚とかまであるらしいよ」

それを補足するようにケインがこの店の特徴を言う。

（だったら、何がいいかな……？）

それを聞き、リディアーヌは考える。

異世界なんだし珍しい料理を頼んだ方がいいのか、それともあえて普段食べられないけどよく知っているご馳走がいいのか。

しばらく考えて……

「えっと、だったら……その、鳥のお肉と卵が食べたい、です」

思いついたのは、狐に小屋の鶏を全滅させられて食べられなくなった、大好物のものだった。

父親と暮らしていた頃は自分たちで焼いたパンに、茹でたり焼いたりした卵が定番だったし、卵を産まなくなった鶏をつぶしてつくるお肉のスープはご馳走だった。

何が食べたいか、と言われると自然と出てきた食材だ。

「はい。鶏肉と卵……お米は結構好き嫌いが分かれるし……チキン南蛮とかはいかがでしょう？　油で揚げた鶏肉に、甘酸っぱいソースと卵たっぷりのタルタルソースで味付けしたお料理なんですけど」

給仕はリディアーヌのリクエストに首を傾げ、少し考え込み、聞いたことがない料理の名前を言う。

「えっと、じゃあそれで……」

リディアーヌは給仕の提案に頷いた。

油で揚げるも、甘酸っぱいソースも、卵たっぷりのタルタルソースなるものも、よくは分からない。

そのことが逆に好奇心を刺激し、食べてみたいと思わせたのだ。

「はい。かしこまりました。付け合わせはパンとスープにしておきますね。それで、他の方はご注文いかがしましょう？」

「ああ、俺たちは全員ハンバーガーをセットで。飲み物は全員コーラでいい」

「はい。かしこまりました。少々お待ちください」

給仕が全員の注文を取り終えて厨房があるらしい裏へと行ったのを見送った後、リディアーヌは尋ねた。

「それで、ここはどういうところなの？」

ずっと気になっていること。ここが何なのか。

警戒は、失せた。明らかに客も給仕も、この店のありように慣れている。

だからこそ、根本的な疑問だけが残った。

「ああ、ここは、『異世界食堂』。世界中から飯を食いに人が集まってるところだ」

「人だけでなく、人ならざるものも、な」

「さっき通ってきたあの扉、それがいろんな所に現れていて、それが全部ここに繋がってるんだ」

リディアーヌの問いに、もはや常連と言ってもいい三人は口々に答える。

ここは自分たちにとっても冒険に憧れるきっかけとなった場所だ。とても大事な場所の一つなのだ。

「あの扉が……」

「そう。だからこの店には、世界中から客が集まってくる」

また扉がチリンチリンと鳴る。

リディアーヌは思わずそちらの方を見て、ぎょっとなる。

（……ええ!?）

その音と共に入ってきた客は、褐色の肌の青年と、赤い髪と尾を持つラミア。

そう、自分と同じラミアが、当然のように入ってきて、適当な席に座る。

他の客もラミアの登場にそれほど驚いた様子もない。思えば先ほど自分が入ってきたときも、騒ぎにもならなかった。

自分と違う種族の客も来る……異世界食堂の客たちは、それを当然のこととして過ごしている。

（そっか。ここだと大丈夫、なんだ……）

その事実に、照れくさくうれしくなる。

窓がないのにどこからか吹いてくる涼しい風に、明るい店内。手入れの行き届いた卓（テーブル）や椅子に、卓上に置かれた見たこともないような何か。

（これが、異世界……）

それは、塔と森の狭い世界しか知らないリディアーヌにとって、新鮮な驚きで……もっと欲しくなるものだった。

「お待たせしました。チキンナンバンと、ハンバーガーセットです。ごゆっくりどうぞ」

先ほどの給仕とは違う人……金色の髪の隙間から覗（のぞ）く黒い巻き角から見るに、魔族だろうか。

彼女がゆったりと手慣れた動作でそれぞれの前に料理を置いていく。

（あ、これ美味しそう……）

甘酸っぱい香りを漂わせる、焼いたパンを思わせる色合いの鶏肉（とりにく）に、黄色と白が混ざり合ったソースがたっぷり。

傍らに添えられた、細く切られた薄緑色の野菜の束が色合いを引き立てている。

その皿の横には、焼き立てらしい小さなパンと、淡い黄色のスープ。

「よし、来たか。うっひょー、うまそう！」

「やっぱり異世界食堂なら、これだよね」

「ここ最近はご無沙汰(ぶさた)だったからな」

三人は三人で、大きなパンのような料理を嬉(うれ)しそうに食べ始めている。

ならばこちらも遠慮することはないだろう。リディアーヌは傍らに置かれた銀色のナイフとフォークを取った。

（久しぶりのお肉……）

漂ってくるソースの香りに誘われるように、リディアーヌはそのソースをまとった大きな鶏肉の端を切り取る。

とろりとした、半透明な茶色いソースからは、少しだけ、酢の匂いがする。

切り分けた断面を見れば、茶色いのは表面だけで、その内側には白い肉が見えた。

こくり、とつばを飲み込み、口へと運ぶ。

（わ、なにこれ……鶏肉？）

その味は、まさしく鶏肉であった。あふれ出す肉汁に、油で揚げられたせいか、さっくりと小気味よい皮の食感。

砂糖か蜂蜜でも混ぜてあるらしく、ほんのり甘みがある酢の酸味で引き締まった味のその肉は、紛れもなく鶏肉だ。

（ものすごく、柔らかいし……臭みもない）

だが、彼女の知る鶏肉とはもっと硬くて匂いが強いものだ。卵を産まなくなるほどに老いた鶏なのだから、それは仕方がない。

それだけに、柔らかく、それでいて歯ごたえのあるこの料理の鶏の肉は未知の味で、リディアーヌにとっては初めての美味だった。

せかされるようにもう一口。

今度は切り取った肉の、白と黄色が混ざり合ったソースが掛かった部分を食べる。

柔らかな酸味と卵の風味、それにしゃくりと歯ごたえを感じさせてピリリと辛い、生のオラニエが混ぜ込まれたソース。

それが油っ気と酸味を含んだ柔らかな揚げ鶏肉を柔らかく包み込み、口の中でじゅわりと交じり合う。

（この卵入りソース！　これだけでも美味しい！）

さらにこの卵入りのソースは、シャキシャキとしてきりりと冷えている葉野菜やとてつもなく柔らかなパンにも合う。

鶏肉、野菜、そしてパン。卵入りのソースさえあればいくらでも食べられる。

再び鶏肉を一口、野菜と共に一口、パンに載せてまた一口……さまざまな食べ方を試す。

リディアーヌは黙々と食べ進め、あっという間に料理を食べつくした。

口直しに、最後に残ったスープを飲む。

それは、まるでお菓子のように甘い。

満足した……そう思った。

「僕らはもう一皿頼もうと思うけど、いる？」

「……うん」

だが、ケインの提案に、リディアーヌは一も二もなくうなずいた。


都合二皿分のチキンナンバンを食べ終えて、今度こそ満腹になったリディアーヌは、満足げに息を吐いた。

今までの、父親が死んでからの暗い気持ちが、いつの間にやら消えたように思う。

今だけは将来への不安、これからどうすればいいのか途方に暮れる気持ちを、忘れることができた。


……そして、新しい展望が見えたのは、その直後だった。

「思ったんだけどさ……君、冒険者になってみない？」

「え……？」

ケインから発せられた予想外の言葉に困惑するリディアーヌをよそに、他の少年二人は納得したようにうなずく。

「なるほど。その手があったか」

「確かに、わるくねーかもな」

そんな三人に、リディアーヌはおずおずと言葉を切り出す。

「え……と？　私、見ての通りのラミアだよ？」

「んなの足から下が蛇なのでラミアに間違われる『魔族』ですって言っとけばいーだろ」

どこかからせき込む音が聞こえてきたが、無視してジャックは話を続ける。

「まぞ……く？　あ」

本で読んだことがある。魔族は邪神を崇める邪悪な種族で、人間やエルフからも生まれることもある種族。

確かその特徴は邪神の加護による異様な風体で……その姿は千差万別であるという。

「そうそう。魔族って冒険者には結構いるし、わりーやつばっかじゃねーしな。この店にも結構魔族の客もいるし」

ジャックは、店の中を見回して言う。リディアーヌもそれに釣られるように店の中を見る。

言われてみれば、どの魔物にも一致しない特徴を持つ魔族の客がいた。というか、あそこで甲斐甲斐しく働く給仕の少女からして魔族だろう。

（本には、魔族は凶暴で邪悪で人とは相容れない種族だって書いてあったけど……）

そこまで考えて思い直す。

本に書いてあることが本当なら、そもそも男を攫って食らうラミアである自分が、人間とこうして食卓を囲むこともなかっただろうと。

「うん。一人で行動したらラミアとバレるかもしれないけど、僕らと……人間の冒険者と一緒にいれば大丈夫だと思うよ。街や村の人も、わざわざ旅の冒険者と揉め事抱えようなんて、普通はしないし」

「無論、人を襲わないのが大前提だ。人を襲う邪悪な魔物とは組めん。だが、道徳と良識を持つものであれば、歓迎する」

そんな三人の言葉の誘惑。

それにリディアーヌは……

「うん……よろしくお願いします」

泣きそうな笑顔で答え、一行の仲間が一人増えたのであった。

……後日、気になる話を聞いたとある魔王が調べた結果、自らの都に『足が蛇で女しかいない魔族の集団』が下町の一角に集まって暮らしているのを知って頭を抱えたのは、余談である。

第百十五話　ワッフルつめあわせ

ドヨウの日、お昼ごはんを交代で食べた後、アレッタには休憩の時間が与えられる。

厨房の横に設けられた、シャワー室や更衣室と並んで存在する、簡素な卓と椅子、それからぐるぐる回る針が二本ついた『トケイ』が置かれたその部屋で、椅子に腰かけてアレッタはしばし呆ける。

(わたしも、頑張らないと……わたしじゃ、サキさんみたいにはできないし)

ぼうっと休んでいると、ふと今、アレッタの代わりに仕事をしているであろうサキのことが頭に浮かぶ。

サキは、この前から雇われ始めた店主の姪であり、店主の料理作りの助手を行う傍ら、アレッタと同じく給仕をしている娘である。

成人したてだと最初に紹介された時に言っていたから、おそらくアレッタより年下であろうサキは、アレッタの目からも、とても頭が良くて何でもできるように見える。

サキは給仕をしているが料理人を志望しているらしい。朝の、開店準備の時間には厨房で野菜の皮むきなど、比較的簡単な内容ではあるが、店主が料理の下ごしらえをするのを手伝っている。

さらに、サキもまた店主と同じ異世界人であるためか、自分と比べると頭が良いうえに『ガッコウ』なるところに通って学問を身に付けたらしく、未(いま)だに数字の計算ができず、お会計を任せてもらえないアレッタと違い、異世界の文字も書けるし計算もできる。会計も一回も間違えたことがない。

無論、客あしらいや料理を運ぶ時の丁寧さなどではそれなりの期間ここで働き続けてきた自分の方が上手いという自負はアレッタにもある。

何しろここで雇われてからずっと、自分の世界に住まう様々な人々の接客をほぼ一人でこなしてきたのだ。

しかしそれでも、やはり簡単に文字を書くところや、アレッタにはさっぱり分からない計算を簡単にこなしていたりとか、客からメニューについて問われた時に詳しく答えたりするようなところを見ると、やはりサキは自分よりずっと優秀で、自分はいらないと言われるのではないか、と時折不安になる。

そんな事情もあって、アレッタはサキとはあまり打ち解けていなかった。

「どもども。お疲れさん。となり、いい？」

「……あ、えっとどうぞ」

だから、サキが笑顔でフライングパピーの箱と、取っ手がついた陶器の杯(カップ)を二つ持ってやってきて、当然のように隣に座ってもいいかと聞いてきたとき、アレッタは目を白黒させながら頷くしかなかった。

「うん。じゃあ座るね。あとこれ、叔父さんがアレッタの好みはココアだって言ってたからココア貰ってきたんだけど、これでいい？」

サキは遠慮せずにアレッタに杯の片割れを差し出す。

中から漂ってくる甘いココアの香りにアレッタは少しだけ頬を緩めて、すぐ隣にサキが座っているのを思い出して恐縮する。

「……えっと、そのありがとう、ございます」

「ん～、いいのいいの。そんなに気にしないで。私は、アレッタちゃんと仲良くしたいだけだし」

硬い表情のアレッタに、サキは朗らかに答える。サキにとってアレッタはぜひとも仲良くなりたい相手である。なにしろサキの人生で初めての異世界人の知り合いであり、何より自分を含めてたった二人しかいない土曜日の同僚なのだ。

「え？　その、仲良く、ですか？」

だが、そんなサキの言葉をアレッタは思わず聞き返した。確かに店主をはじめとした異世界の人々やサラやシアのように、何かとアレッタを気にかけてくれる人はいるが、それはアレッタが異世界食堂に雇われている従者だからこそであって、サキのように気安い友人のような関係を求められたことはなかった。

だからこそどうしていいか分からず、アレッタは困惑していた。

「そうだね。まあ、アレッタちゃんが私と仲良くするのは嫌だって言うんならまあそれもしゃあないかな、とは思うけど、やっぱり同じ釜の飯を食った仲なわけだしね。それに土曜日は叔父(おじ)さんと私とアレッタちゃんしか仕事仲間いないんだしさ、仲良くしたいなって」

困惑するアレッタに対し、サキはそんなふうに何の気負いもなく言葉を掛ける。

元々、サキにとってアレッタはさほど怖いと思う存在ではない。ちょっと日本以外で生まれ育っただけの同僚である。

本人が言うには魔族らしいが、漫画やアニメに出てくるような、生贄(いけにえ)やら戦いやらが好きな血みどろで怖い存在というわけでもなく、角が生えている以外には特に何かが違うわけではない、普通の外国人の女の子に見える。それならなぜか日本語が完璧に話せる分だけ、同じ大学の海外留学生よりも付き合いやすいというのが、サキの感想であった。

「そ、そういうことなら……その、これから改めてよろしくお願いしますね」

そんなサキの気持ちが伝わったのか、アレッタはぎこちなく笑いながらサキと仲良くすることを了承する。

「うん。よろしくね」

その言葉を受けて、サキはアレッタに笑いかけて言う。まだ表情が硬いが、それはこれからの課題というやつだろう。

「んじゃまあさっそく、お近づきの印にってことで……これ、一緒に食べよう」

笑顔を保ったまま、サキは先ほど従業員価格で買ってきたものが入った箱を開ける。

「え？　……これ、もしかしてケーキ、ですか？」

その中に入った物に、アレッタは目を丸くする。

箱の中に入った、淡い茶色を帯びた黄色の生地や、ココア色の生地、それからほんのりピンク色の生地に、同じ色のクリームを挟んだ菓子。

人間の司祭様やお貴族様、それから魔族の女傭兵(ようへい)たちが好んで食べている、ケーキと呼ばれる菓子によく似ていた。

「ん～、近いんだけどちょっと違うかな」

三つ入っている菓子の一つ、黄色のカスタードが挟まれたものを取る。上の階にあるケーキショップ、フライングパピーで特別販売していた三種類のセット。

あまりに美味しそうだったので買ってみたが、さすがに一人で全部食べるのは、お腹(なか)的にもカロリー的にも色々ときついと思っていたので、ちょうどいいと思い、半分に割る。

「これはね、ワッフル。焼きたてのあったかいのも好きだけど、こういう冷たくてしっとりしたのも美味しいよね」

その菓子の名を告げながら、サキは心持ち大きい方をアレッタに差し出す。

「遠慮しなくていいよ。っていうかアレッタちゃんにも半分食べてほしい」

おずおずと、だがどこか期待していることを感じさせる瞳で見返してくるアレッタに、サキは笑顔で食べるように促す。

「じゃ、じゃあ魔族の神……じゃなくて、サキさんに感謝します……」

混乱しているのか、少し変な食前の祈りを捧げつつアレッタはワッフルを受け取って、齧りつく。そんなアレッタの口をワッフルは柔らかく受け止めた。

ふんわりとした柔らかな生地はほんのりと甘い。卵とミルクの味がするその生地の奥に詰められているのは、柔らかな卵の味がする甘いクリーム。ほんの少しだけお酒の香りと苦みがあり、甘い香りを放つ黒い粒々がぽつぽつと見えるクリームの甘さに、アレッタは思わず警戒を解かされて顔を綻ばせる。

（……やっぱり、本当に美味しいな）

美味しいものを食べることがこれほど楽しくうれしいことだと知ったのは、この異世界食堂に来るようになってからだ。そして、こういう美味しいものを食べるときは、自然に頬が緩むようになった。

（うんうん。やっぱこの子、美味しそうに食べるね本当に）

やはりこの娘は美味しいものを食べているときが一番かわいいと思いつつ、二つ目も半分に割って分けてやる。アレッタはごく自然に二つ目を受け取る。

今度は濃い茶色をしたものに、真っ黒なクリームが挟まれたものであった。

（あ、これ、チョコレートのお菓子、かな？）

その色合いに、アレッタは自らの好物であるチョコレートの風味を想像しつつ食べる。

「……う。ちょっと苦い……？」

だからこそ、食べてみて予想と違う味がしたことにちょっと驚いた声を上げる。そのワッフルは甘い。もちろん甘いのだが、それとは別に香ばしい苦みを感じた。

チョコレートの甘さを引き立てている苦さが、今まで食べた菓子よりちょっと強かった。

「あ、苦いのダメだった？」

その様子に、サキはちょっとだけ失敗したかという顔をしつつアレッタに尋ねる。それにアレッタはもう一口齧ってみた後、笑顔で感想を言う。

「いえ！　苦くて甘くて……こういうのも、美味しいと思います！」

苦いからかえって甘さもしっかり感じ取れる。その風味をアレッタは確かに気に入った。

「うんうん。じゃあこれが最後。木苺（きいちご）入りのやつね」

そう言うと最後の一つを半分に割って渡す。綺麗（きれい）なピンク色の中にところどころ真っ赤な実が混じったクリームを、同じくピンク色の生地でくるんだワッフル。

もう戸惑いなく受け取って食べたアレッタは、ちょっと驚いた顔をした。

今度のクリームは、甘い。

ほんの少しだけ酸っぱさを感じたが、それに負けないくらい甘い。

……そう感じた直後に、はっきりとした酸っぱさを感じた。

クリームに混ぜ込まれた小さなベリーは、甘さよりも酸っぱさが強かったのだ。

そして、その酸っぱさが口の中をさっぱりさせて、その直後にクリームの甘さを感じ取らせるのだ。

（これ、甘くて、酸っぱくて……）

甘みと酸味。それらが交互に来る。その風味をやんわりと包むほんのり甘酸っぱい生地と共に食べれば絶品であった。

ただ甘いだけではない三種類のワッフルを食べ、アレッタは自然と笑みを浮かべていた。

それをホットミルクを飲みつつ見て、同じようにワッフルを食べるサキの顔も自然と笑み崩れる。美味しいものを食べるのはサキも好きだが、その美味しいものを食べる人を見るのも同じくらい楽しいと、サキは思う。

（また今度、ほかの物を差し入れしてみようかな）

その笑みに、サキはふとそんなことを思うのであった。

第百十六話　ジャーキー

それは、昼の営業時間中に起こった。

「あ、お客さん！　忘れ物！」

食事を終え、お金を払い、そして出て行こうとした客席の床に、大きめの袋が置いてあるのに気づいた早希は慌ててお客さんに声を掛けた。

「あ!?　それ……」

早希の言葉に、満足した顔で既に扉の外に出ていた、犬っぽい耳を持つお客さんがしまった！　という顔をしているのがちらりと見えたまま、扉が閉じる。

「あちゃー……」

早希は思わず言葉を漏らす。この異世界食堂にお客が来ることができるのは週に一度、土曜日だけであり、しかも一度扉の外へ出てしまうと、再び扉が現れる次の土曜日まで待たなければならない。

当然、忘れ物の類(たぐい)を返すことができるのは最短でも一週間後だ。だが……

「……生ものだよね？　これ」

向こうで作られたのであろう目の粗い麻袋を持ち上げてみると、ずっしりと重い。持った感覚だが一キロ以上はありそうだ。しかも少しだが、血の臭いがする。

袋を開けてのぞき込み、中身を確認する。

「……お肉かな？」

中に見えたものは、葉っぱらしきものでくるまれた大きな塊。ピンク色をしたそれは、何かの肉のように見えた。

「おう、どうした？　何かあったか？」

食器を片付けるでもなく、謎の袋を抱えた早希に気づいた店主が、アレッタに出来上がった料理を渡すついでに見に来る。そしてやってきた店主に、早希は状況を説明する。

「叔父さん、どうしよう。これ、お客さんの忘れ物なんだけど、生ものみたい」

何の肉かはよく分からないが、肉……つまりは生ものである。少なくとも食堂にそのまま置いておくのはまずいだろう。

「だな……取りあえず、冷蔵庫に入れとくか」

店主の方もそれに気づいて厨房の冷蔵庫に一時的に保管することを決める。


そして夜。

「しかし肉か……どうするか」

冷蔵庫から取り出したその荷物を開いて中の物を取り出した店主は、出てきた物にどうしたものかと頭をひねる。出てきたのは、予想通り、肉であった。

ピンク色で脂身がない、肉の塊。元がどんな動物の肉だったのかは分からないが、おそらく胸肉辺りだろうと店主は見当をつける。

「……つっても、見たことない肉だな」

だが、アルフェイド商会のトマスから定期的に買い取っているさまざまな食材を含めて考えてみても、その肉が何の肉なのか、店主は見覚えがない。

考えてみると、忘れていったのは茶色い肌をした客だったので、もしかしたらトマスが住んでいるという王都からは遠い場所でしか手に入らない、珍しい肉なのかもしれない。

「さて、どうしたものか……」

扱ったことのない食材を前に店主は悩む。忘れていった客がこれを引き取りに来られるのは早くても一週間後なのだ。生ものであることを考えると、冷蔵庫では心もとない。

「お肉なんだし、冷凍庫に入れておくのは？」

「いや、量が多いからな。次に来るまでうちの冷凍庫で凍らせとくのはまあいいにしても、向こうじゃ冷凍肉は、解凍したら一気に食うしかないだろうからな」

早希の言葉に、首を振って店主は答える。

「そうなの？　よくあの、耳の長い女の人たちが、プリンとか焼きおにぎりとかたくさん買っていくじゃない？」

店主の言葉に、早希もまた首を傾(かし)げて聞き返す。特大のオムライスを三つも持って帰る蜥蜴(とかげ)の人は部族のみんなで食べるとか聞いたが、あの人たちも家族に振る舞っているのだろうか？

「いや、どうもよく分からんが、あれは腐らなくする魔法で保存してるらしい。俺も向こうのことは分からんのだが、普通はできないんだと」

そんな言葉に、異世界食堂を始めて以来の常連である魔術師の爺(じい)さんから、以前聞いた話を思い出す。

食べ物を日持ちさせるどころか百年経(た)っても腐らせない魔法というのは、あるらしい。ただ、かなり高度な魔術で、使えるのは相当な実力を持つ一握りの魔術師か、種族そのものが優れた魔術師であるエルフくらいらしい。

……プリンを持ち帰る客は前者で、焼きおにぎりを持ち帰る客は後者だと、魔術師の爺さんは言っていた。

「えっと……そうですね。魔術で食べ物を腐らせないっていうのは、あんまり聞いたことがないです。前にサラさんが、エルフの残したマジックアイテムにそういうのがあるとは言ってた気はするんですけど、びっくりするくらい高いって」

サラのところで働くようになって、少しだけ魔法のことが分かるようになったアレッタも、その言葉に頷（うなず）いて肯定する。

冒険者としてさまざまなことを知っているサラや、マジックアイテムも扱う商会の令嬢であるシアには色々教わった。今ではこの異世界食堂にあるさまざまなものが、マジックアイテムではない何かだとも分かっているのだ。

「しかし、となるとどうするか……」

それから、目の前に置かれた肉の塊（かたまり）を前に考える。誰が忘れていったかは分かる。褐色の肌で犬や猫みたいな耳や尻尾のある、いつもスパニッシュオムレツを頼む客だ。

今までの経験からすると来週か再来週にはまた来るだろうけれど、あまり魔法に詳しい客ではないと思う。

となると次の来店まで店で保存しておくのはいいが、それだと向こうも持ち帰るときに困るだろう。

「……ジャーキーにでもしてみるか。無駄に腐らすよりはマシだろ」

考えて、店主はそう結論を出す。客の忘れ物に手を加えるのはどうかと思わなくもないが、いかんせん生もので、次に引き取りに来るのは早くて一週間後だ。

向こうでも保存が利くものに加工するしかない。

「……できるの？」

「ああ。じいさんは、美味い食い物は一回は自分で作ってみないと気が済まない人だったからな、俺も何度か付き合った」

早希の問いかけに、店主は頷いて答える。そう、先代はそういう人だった。

子供のころから、定休日の日曜日には家や店で、普段作らないような料理を色々作っていた記憶がある。

非常に出来が良くて、いつの間にか新しいメニューに加わったり日替わり定食で出すようになったものがある一方で、失敗したりいまいちだったりして、やっぱりやめた方がいいな、となった代物もいくつかあったのも良い想い出だ。

「へえ……」

そんなふうに語る店主の顔に自然と笑みが浮かんでいるのを見て、早希は何となくそれが大事な思い出であることを察する。

「まあ、一週間あれば作れるだろうし、燻製は久しぶりだがやってみるか」

そしてそんなことを思い出した店主はやる気を見せる。確かジャーキーはじいさんが結構好きだったこともあって、いろんな肉で試したはずだ。

きっと目の前の肉に合うレシピもあるだろう。

「ああ、どうしようかなあ……」

いつものように異世界食堂の扉を前に、アデリアは七日前のことを思い出し、入るのを躊躇(ちゅうちょ)した。きっかけは街に現れた飛竜をアデリアが倒したことであった。

神の姿を模していながら知性もなく、竜の吐息も持たず、そのくせ凶暴で、空を飛べぬ者では戦うのが難しい飛竜は、偽竜とも呼ばれて恐れられる怪物だ。

故にアデリアは神の力により得た翼と爪、尾、そして脚でもって飛竜を落としたのである。


飛竜は厄介な猛獣だが、その身は非常に有用である。

鱗(うろこ)は鉄より硬い鎧(よろい)に、革は非常に丈夫な外套(がいとう)に、骨と腱(けん)は強靭(きょうじん)な弓を作る材料に……竜の翼で空を翔(かけ)るアデリアの渾身(こんしん)の蹴りで頭を砕かれて地に落ちた飛竜は、解体されて街の民に分け与えられた。

そしてそのとき、自前の肉体の方が飛竜から作られる武具よりも強いアデリアにもせめて、と大量の肉を渡されたのだ。

アデリアとて狼(おおかみ)の血を引く獣人である。肉の類(たぐい)は嫌いではない、嫌いではないが限度というものはある。塩気の強い干し肉にしても延々食べ続けるにはきつい量だし、カルロスたち一族に分け与えて残った取り分でも一人山の中で暮らすアデリアには多すぎた。

その使い道に困り……アデリアは数少ない『友人』を思い出し、おすそ分けをすることにした……その事実を思い出したのは、いつものように料理を堪能して扉を出た直後だったのが致命的であった。

あそこで知り合って少し話をした人間が、あの店の店主は客の『忘れ物』は何年でも預かり続けると言っていた。

贈り物だと認識していないならば、手を付けるようなことはしないだろう。だが、加工されていない飛竜の肉は決して長持ちする代物（しろもの）ではない。

……七日たった今、食べられる状態で残っているかどうかも分からないのだ。

「……でもちゃんと言わないと、だよね」

意を決して、扉に手を掛けて、開く。チリンチリンといつものように鳴る扉を通ると、混沌（こんとん）の使徒らしき角の生えた給仕、アレッタがすぐに気づいて驚いた顔をする。

「いらっしゃいま……あ、アデリアさん！　……あの、ちょっといいですか？　マスターが来たら教えてくれって言ってたんです。この前の、その、忘れ物について……」

「うん、いいよ……あの、ごめんね。困ったでしょ、あれ……」

アレッタの言葉に、アデリアは困ったように眉を下げて笑みを浮かべ、答える。

何の説明もなしに置いていった以上、やはり忘れ物扱いになっていたかと思いながら。

「ええっと……はい。それで、マスターが保管するために『保存食』にしたので、持って行ってほしい、と」

だが、そんなアデリアの言葉に返ってきたのは、彼女にも予想外のものであった。

「……保存食？　干し肉とか？」

その言葉にアデリアは首を傾げる。この店には自分の好物たるスパニッシュオムレツ以外にも色々な料理があることは知っていたが、保存食の類は聞いたことがなかった。

「はい。見た目は干し肉でした……実はお客さんに変なもの食べさせるわけにはいかないからってちょっとだけ、わたしもいただいたんですけど、とても美味しかったですよ……それじゃあお席に案内しますね」

「そうなんだ……あ」

どうやら持ち込んだ肉は無駄にはならなかったらしい。アレッタの言葉に内心胸を撫で下ろしながら、だったらそのままお店の皆で食べてほしいと思う。

そう答える前にアレッタは店主を呼びに行ってしまう。

そしてすぐに店主がやってくる。

その手には、先ほどアレッタが言っていた『保存食』が入った袋を持っている。

「いや、すみません」

「さすがに生肉のままじゃあお返しするまで保たないかと思いましてね……」

「いえいえ！　そんな……実はちょっと珍しいお肉がたくさん手に入って、食べきれないので店主さんにおすそ分けしようと思いまして……でもこの前、それを伝えるのを忘れちゃって……」

「ありゃ？　そうでしたか……」

アデリアの言葉に、店主も内心胸を撫で下ろす。良かれと思ってやったとはいえ、客の忘れ物を勝手に調理したのだ。問題だと言われれば反論はできない。

「しかしそうなると……コイツはお客さんのために作った品なんですが、どうしましょうかね？」

味の方は問題ない……と思う。自分で味見として少しだけ食べてはみたが、上々の出来だった。

しかし、客がおすそ分けとして持ってきてくれたという品なら、そのまま全部返すのもそれはそれで失礼だと思う。

「いや、もともとそちらに差し上げるために持ってきたものですし、どうぞそのまま食べてください」

アデリアの方も、緩んだ笑顔で店主に自分が持ってきたおすそ分けを食べてくれと返してくる。

「……う～ん、じゃあ。ちょいと珍しいものが手に入ったんで、あなたにもおすそ分けってことでどうですか？」

　しばし悩み、店主はそんな結論をアデリアに告げる。元々の貰い物を全部返すのはどうかと思うし、かといって、こっちとしては全部返すつもりだったものを自分のものにしてしまうのも気が引ける。

　その辺を考えての提案だった。

「ええ？　いいですよ……元々差し上げるつもりで持ってきたものですから……」

「……まあ、実をいうと、こちらも食べてもらいたくて作ったんで」

　未だに遠慮するアデリアに、店主はさらに言葉を重ねる。

「なにぶん、あの肉を使ったジャーキーは初めてなもんで、向こうの人たちに味の感想を聞いてみたいと思ってたところなんですよ。アレッタ……うちの従業員は美味しいって言ってくれましたし、口に合わないかもしれませんが、試してもらえませんかね？」

「……分かりました、そこまで言うなら……」

　店主の言葉に、アデリアもこれ以上断るのは失礼と思い、頷く。

「よかった。じゃあ食後にお持ちしますんで、ご注文、伺ってもいいですか？」

　そんなアデリアの言葉に店主は笑顔と共に、注文を聞く。

「あ、じゃあ……いつものを」

「はい。少々お待ちください」

　そうしていつものようにいつものスパニッシュオムレツを注文し、アデリアは食事を楽しむ……その後、綺麗な箱に詰められたおすそ分けの『お土産』を受け取って帰ったのは、昼過ぎになってからだった。

翌日。


簡素な小屋の中で、アデリアは昨日受け取ったお土産を不思議そうに見る。

「これ……どういうものなんだろう?」

お土産を入れた袋は、アデリアが見たこともない、不思議な代物だった。

向こう側が見えるほどに透き通っていて、紐で縛ったわけでも、糊でくっつけたわけでもなくぴったりと閉じられている。

(店主曰く、上の部分を横に引っ張れば開けられるし、入り口部分の輪になっているところを指で挟んで引けば閉じられるという)

中のモノが見えるその袋の中には、茶色く干からびた肉が見える。

(干し肉……)

薄く削がれ、水気を飛ばしきった、干し肉。元はアデリアが置いていった、飛竜の肉から作られたものだ。

元は肉らしいピンク色をしていたのに、どんなふうに味付けされたのか黒ずんで、自分たちの肌のような褐色をしている。

よく見ると香辛料もまぶしてあるのかぷつぷつと赤い点のようなものが見える。鼻を近づけてすんすんと匂いを確認すると、どうやらトガランのようだ。それに異世界の料理によく使われるガレオという実の匂いも混じっている。

それが入り混じった匂いは、鼻の利く獣人である自分にとっても不思議に感じられる匂いだ。あの食堂で、一部の料理から漂ってくるのと同じ匂い。

（確か……食卓の上に置かれてる瓶から同じ匂い……かな？　確かショーユってやつ）

匂いで、アデリアは目の前の干し肉がどのようなものかを判断する。ずいぶん前に店主から聞いた、料理の味付けに使う調味料だった気がする。

塩気が強くて、あの店の料理にはいまいち合わなかった記憶がある。

（……取りあえず、食べてみよっかな）

肉自体は珍しい飛竜の肉、だが味付けはあまりよく分からない。だが、あの不思議で美味しい料理を作る店主が変なものを渡すとも思えない。

意を決し、アデリアは一枚のジャーキーを手に取り……齧りつく。

（……うん。しょっぱい）

最初に感じるのは、やはり強めの塩気だ。ショーユの、塩や香辛料とは違う不思議な風味を帯びた塩気が、表面と中を覆い尽くしている。

それはトガランの辛さとガレオの香ばしさと混ざり合って、アデリアにはなじみのない味となっていた。

(……あ、でも美味しいかも)

そしてそのジャーキーを獣人の強い顎で噛みしめていけば、徐々に味が変わっていった。

水気を完全に飛ばして硬く乾燥させた肉が口の中で水分を含み、かみ砕かれていくことで、その中にしまい込まれていた肉の味がしみ出してくる。

どちらかといえば味が薄い、脂気のない飛竜の肉。だがそれは強い風味を帯びた味付けと混じり合うことで、徐々に肉そのものを柔らかい風味へと変えていく。

いつまでも噛み続けていたいような、不思議な風味が砕かれた肉と共に飲み込まれ、口の中から消える。

満足したかと言われれば、満足はできない。口の中から肉が消えてしまえば、徐々に口の中からジャーキーの味は失われてしまう。

それが寂しく感じられ、アデリアは思わず新しいジャーキーを手に取り、口に放り込む。一度は消え去った、あの味がまた帰ってくる。

そしてアデリアは一人黙々と、それを繰り返した。

「……あ、なくなっちゃった……残念」

気が付けば、透明な袋にいっぱい入っていたはずのジャーキーは、すべてなくなっていた。お腹（なか）を撫（な）でれば、そこには確かに満足を感じる。

十分堪能した気もするし、でもまだ足りない気もする。

「また今度、お土産に持って行こうかな」

飛竜と戦う機会なんてそうはない。だから、また今度戦って手に入れる幸運に恵まれたら、今度はちゃんとお金を払って、作ってくれと頼んでみよう。

アデリアはそっと、そんな決意をするのだった。

〈『異世界食堂 6』 完〉

この作品に対するご感想、ご意見をお寄せください。

●あて先●

〒101-0052 東京都千代田区神田小川町3－3
主婦の友インフォス　ヒーロー文庫編集部

「犬塚惇平先生」係
「エナミカツミ先生」係

ヒーロー文庫

異世界食堂 6

犬塚惇平

2021年11月10日　第1刷発行

発行者　前田起也

発行所　株式会社　主婦の友インフォス
〒101-0052 東京都千代田区神田小川町 3-3
電話／03-6273-7850（編集）

発売元　株式会社　主婦の友社
〒141-0021
東京都品川区上大崎 3-1-1 目黒セントラルスクエア
電話／03-5280-7551（販売）

印刷所　大日本印刷株式会社

ISBN 978-4-07-449740-9